Abenteuer voller Magie

-

– Zwei Katzenromane –

Antje Chomley

Abenteuer voller Magie

Das Geheimnis von Burg Hohenfels
&
Zauber hinter dem Regenbogen

– Zwei Katzenromane –

Antje Chomley

Rediroma-Verlag

Bibliografische Information der Deutschen Nationalbibliothek:
Die Deutsche Nationalbibliothek verzeichnet diese Publikation in der Deutschen Nationalbibliografie; detaillierte bibliografische Daten sind im Internet über http://portal.dnb.de abrufbar.

ISBN 978-3-98885-285-4

Copyright (2024) Rediroma-Verlag

Umschlagillustration: www.freepik.com

Alle Rechte beim Autor

www.rediroma-verlag.de
9,95 Euro (D)

Das Geheimnis der Burg Hohenfels

Inhaltsverzeichnis

Prolog ... Seite 7
Das Geheimnis der Burg Hohenfels ... Seite 11
Rübezahl ... Seite 35
Die Tränen der Elfen ... Seite 40
Die Irrwurzen ... Seite 45
Der Hüter der Quellen ... Seite 51
Die Moorhexe ... Seite 57
Das Ende eines Geisterdaseins ... Seite 65
Der Schatz von Burg Hohenfels ... Seite 73
Zukunftspläne ... Seite 81
Wenn ein Stern vom Himmel fällt ... Seite 88
Im Tal der weißen Nebel ... Seite 99
Die geheimnisvolle Insel ... Seite 104
Der Herr der Wälder ... Seite 111
Des einen Freud, des anderen Leid ... Seite 121
Schatten der Vergangenheit ... Seite 127
Epilog ... Seite 146

Prolog

Ich lag gemütlich auf meinem Lieblingskissen auf der Fensterbank und blickte in den parkähnlichen Garten hinab. Dort tollten meine beiden Söhne mit ihrer Schwester herum und spielten fangen mit den fallenden Blättern. Sie waren aus dem letzten Wurf und im Mai zur Welt gekommen. Sophie, meine bezaubernde Gefährtin seit vielen Jahren, beaufsichtigte das fröhliche Treiben. Sie war eine fürsorgliche Mutter und wundervolle Partnerin. Ach, ich war schon ein Glückspilz, ich, Augustus von Mauz.
Seit fünfzehn Jahren verbrachte ich nun schon mein Leben an der Seite meiner geliebten Herrin. Gabriela von Reichenstein war eine bildhübsche, liebenswerte junge Frau von fünfundzwanzig Jahren. Zu ihrem zehnten Geburtstag wurde ich ihr, damals noch ein ganz kleines, flauschiges Katerchen, in ihre Hände gelegt. Seither waren wir ein Herz und eine Seele. Versonnen blickte ich zu ihr hinüber. Sie saß in ihrem Lehnstuhl und beschäftigte sich angelegentlich mit einer Stickarbeit. Das prasselnde Kaminfeuer verbreitete eine angenehme Wärme und schläfrig schloss ich die Augen.
Plötzlich schreckte ich auf. Schwere Schritte polterten die Treppe herauf. Die Schritte klangen wütend und besorgt sah ich zu meiner geliebten Herrin hinüber. Auch sie hatte die Schritte vernommen

und ihre Hände begannen zu zittern. Da wurde auch schon die Tür aufgestoßen und der Burgherr, Graf Hugo von Reichenstein, stürmte in den Raum. Er war eine ansehnliche Erscheinung. Groß, breitschultrig und mit braunem, vollen Haarschopf; doch sein Charakter glich dem eines gefährlichen Reptils. Er war unberechenbar, leicht aufbrausend und seinen Dienern gegenüber ebenso hart und bösartig wie zu seiner Gattin. Ich konnte nie verstehen, wieso Gabriela diesen grobschlächtigen Mann hatte zum Gemahl nehmen können.

Mit vor Zorn gerötetem Gesicht stürzte dieser jetzt auf seine Gemahlin zu und in seinen Augen lag eisige Kälte. Gabriela erbleichte und begann unter diesem Blick zu zittern. Sie sprang von ihrem Sessel auf und die Stickerei glitt aus ihren Händen.

»Was fällt dir ein, du nichtsnutziges Weib, der Köchin in ihr Handwerk zu pfuschen und die von mir angeordnete Speisenfolge zu ändern?«

Mit bebender Stimme rechtfertigte Gabriela ihr Tun. »Ich habe mir nichts Böses dabei gedacht. Ich wollte doch nur …«

… »*Was*? *Was* wolltest du nur?«, schrie Graf Hugo sie an. Drohend schwang er seine Reitgerte und trat auf meine geliebte Herrin zu. Diese wich ängstlich einen Schritt zurück. Dabei stolperte sie über ihren Nähkorb und verlor das Gleichgewicht. Sie stürzte zu Boden, wobei sie sich ihren Kopf an der Kante einer Kommode anschlug. Reglos blieb sie liegen.

Jegliche Farbe war aus ihrem Gesicht gewichen. Um ihr Haupt bildete sich eine große Blutlache, die ihre herrlichen rotblonden Locken verunstaltete.
Voller Entsetzen und außer mir vor Wut sprang ich den Tobenden an und zog meine Krallen durch dessen Gesicht. Das hätte ich besser bleiben lassen. Doch hinterher ist man ja immer schlauer. Schreiend packte er mich und schleuderte mich in Richtung des Kamins. Ich flog gegen den Sims, wo ich mir mein Rückgrat brach. Nun war ich genauso tot, wie meine arme Herrin. Das Dumme war nur, dass ich von nun an als *Körperloses Wesen* mein Dasein fristen musste. Da ich von Menschenhand zu Tode gekommen war, war dies jetzt mein Schicksal.
So war es mir auch keine Genugtuung, dass der Mörder meiner Gabriela, Graf Hugo, drei Wochen nach dem *Unfall* seiner Gemahlin bei einem Ausritt ums Leben kam. Aus unerfindlichen Gründen hatte sein Pferd plötzlich gescheut und ihn abgeworfen. Das Tier tänzelte ungebärdig und traf den am Bodenliegenden mit seinen Hufen. Die dadurch entstandenen Verletzungen waren so schwer, dass er noch in der gleichen Stunde verschied.
Ob das Pferd mit Absicht gehandelt hatte? Wer wusste es zu sagen? Sicher war nur, dass das ansonsten sanfte Tier die Gräfin, und auch mich, sehr gern gehabt hatte. Und vielleicht war es tatsächlich die Rache eines oft geschlagenen und gequälten Tieres gewesen.

Mit einem tiefen Seufzer ließ ich mich auf dem Lieblingssessel meiner einstigen Herrin nieder. Ich vermisste sie sehr und an manchen Tagen fand ich keinen Trost.
Einen Weg gab es jedoch, mich aus diesem unwürdigen, geisterhaften Dasein zu erlösen, doch dieser Bann konnte nur von einem meiner männlichen Nachkommen gebrochen werden. Und es war ein äußerst gefährliches Unterfangen.
Die mutigsten meiner Urururenkel hatten ihr Bestes gegeben, doch sie waren alle an den Aufgaben, die ihnen gestellt wurden, gescheitert.
Mittlerweile lag der Mord an meiner Herrin einhundertzwanzig Jahre zurück; und ebenso lange führte ich mein einsames Geisterleben.
Langsam versank ich in Hoffnungslosigkeit. Würde ich auf immer und ewig als Körperloses Wesen herumgeistern müssen? Oder geschah doch noch ein Wunder?

Das Geheimnis der Burg Hohenfels

»Das ist jetzt nicht dein Ernst, Paul!« Entgeistert sah Joachim Ritter seinen Chefredakteur an. »Wieso setzt du ausgerechnet *mich* auf diesen Gartenquatsch an? Ich habe, wie du weißt, selbst weder einen Garten, geschweige denn einen ›grünen Daumen‹. Kann das nicht Ulrike übernehmen? Die ist dafür doch bedeutend besser geeignet. Sie liebt alles was grünt und blüht.«

»Ulrike habe ich für die Kolumne ›Architektur bayerischer Schlösser und Burgen‹ eingeplant.«

»Aber davon hat sie doch überhaupt keine Ahnung. Können wir nicht tauschen?« Verzweifelt unternahm der Journalist einen weiteren Versuch seinen Chef umzustimmen.

»Nein. Jetzt stell dich nicht so an. Es sind doch nur vier Artikel, die du schreiben musst. Außerdem benötigst du dazu keinerlei Fachwissen. Ich habe dir sogar schon die Adressen der Gärten herausgesucht und mit dessen Besitzern gesprochen. Die Reportagen erscheinen vierzehntägig und sollen das Sommerloch füllen. Eine halbe Seite Text, untermalt mit ein bis zwei Fotos reichen.«

Seufzend fuhr Joachim sich mit allen zehn Fingern durch seine kurzen dunklen Haare, in denen sich bereits die ersten silbergrauen Strähnen zeigten. Dem Vierzigjährigen schien nichts anderes übrig zu bleiben, als sich dem Willen seines Vorgesetzten zu beugen. »Dann habe ich aber etwas gut bei dir. Und ich übernehme keine Garantie dafür, dass dir meine Artikel gefallen werden. Du weißt, wenn ich von einer Sache nicht überzeugt bin, wird es meistens Murks.«

»Gibt dir gefälligst Mühe. Je schneller du dich daran machst, desto eher hast du es hinter dir. Wenn du mir etwas Brauchbares ablieferst, bekommst du eine Woche Extra-Urlaub. Na, was sagst du dazu? Das ist doch ein schöner Anreiz! Und jetzt ein angenehmes Wochenende.« Damit griff Paul Arens zu seinem Telefon und signalisierte seinem Mitarbeiter damit, dass die Unterredung beendet war.

Joachim erhob sich und murmelte im Hinausgehen: »Danke, dir auch.« Na, das Wochenende hatte sein Chef ihm jedenfalls so richtig vermiest. Lauter, als es notwendig gewesen wäre, ließ er die Tür hinter sich ins Schloss fallen. Blöde Kampagne. Obwohl die Aussicht auf Sonderurlaub nicht zu verachten war. Trotzdem! Missgelaunt machte der Journalist sich auf den Weg in seine Single-Wohnung, die er sich mit seinem vierpfötigen Mitbewohner teilte.

»Hallo, Kater«, begrüßte er seinen vierbeinigen Mitbewohner und strich dem Kater liebevoll über dessen langes, seidiges Fell. »Und? Warst du schon einkaufen und hast den Hausputz erledigt?«, fragte er grinsend. »Oder hast du wieder den ganzen Tag träge auf dem Sofa gelegen?«

Ein verächtlicher Blick aus bernsteinfarbenen Augen traf Joachim.

»Na, komm, es wird sich bestimmt noch eine Dose Thunfisch auftreiben lassen.«

Schnurrend folgte das Tier dem Mann in die Küche. Zum Glück war er nicht nachtragend und bereits wenige Augenblicke später schlang er genüsslich sein Futter hinunter.

Nachdem Joachim die Hausarbeiten und den Wochenendeinkauf erledigt hatte, setzte er sich an seinen Schreibtisch und startete den Laptop. Es nützte ihm nicht viel, dass sein Chef ihm die Namen der Gartenbesitzer gemailt hatte. Er würde sich schon selbst dorthin begeben müssen. Seufzend starrte er auf den leeren Monitor. »Ach, Kater, wenn du mir doch nur helfen könntest«, stöhnte er. »*Du* kennst dich bestimmt in den parkähnlichen Anwesen hervorragend aus und könntest mir den einen oder anderen Tipp geben.« Ausführlich erzählte er seinem Mitbewohner, was sein Chef ihm aufgehalst hatte.

Die Fellnase hatte es sich auf dem Schreibtisch gemütlich gemacht. Abwartend ließ der Kater seine Blicke zwischen seinem Menschenfreund und dem Monitor hin und her schweifen. Doch nichts geschah. Auf dem Bildschirm prangte ein weißes Blatt Papier und das war´s.

Nachdem Joachim die Flasche Wein geleert hatte, ohne auch nur ein einziges Wort geschrieben zu haben, erhob er sich ächzend aus seinem Stuhl und stolperte leicht schwankend in Richtung seines Schlafzimmers. »Ach, was soll´s. Morgen ist auch noch ein Tag«, murmelte er resigniert und fiel in sein Bett, wo er augenblicklich einschlief.

Wodurch er genau geweckt wurde, konnte Joachim später nicht mehr sagen. War es das lautstarke Mauzen seines Katers gewesen oder dass dieser ihn als Trampolin benutzte und auf seinem Bauch schwungvoll auf und ab hüpfte? Wahrscheinlich beides. Schlaftrunken wälzte der so unsanft Geweckte sich auf die Seite und sah auf seinen Wecker. »Erst sechs Uhr!«, stöhnte er und sah seinen Kater strafend an. »Was soll das denn? Heute ist Samstag und ich will ausschlafen!«

Doch daraus wurde nichts. Fröhlich maunzte der Kater weiter. Dann tat er etwas, was er noch nie zuvor gemacht hatte. Er biss in die leichte Zudecke seines Zweibeiners und zog diese, langsam rückwärtsgehend, mit sich.

»Was sind denn das für neue Sitten, mein Freundchen?« Verblüfft beobachtete Joachim das Tier bei seinem Tun. Endlich ließ der Kater von der Zudecke ab und maunzte erneut zum Steinerweichen.

»Ist ja schon gut, ich komme ja schon. Was willst du denn?« Überrascht sah Joachim an sich herab.

Nanu? Wieso trug er denn noch seine Kleidung vom Vortag, die jetzt völlig zerknittert war? Da fielen ihm der gestrige Tag und der verkorkste Abend wieder ein. Jetzt war er hellwach. Er ging in die Küche, um seinem Kater Futter zu geben und für sich selbst einen starken Kaffee zu kochen. Doch statt wie sonst bettelnd um seine Beine zu streichen, in der Hoffnung, dass sich sein Napf dadurch schneller füllte, saß sein Mitbewohner auf dem Schreibtisch und blickte ihn unverhohlen an.

Verwundert ging Joachim zu dem Kater hinüber, der vor dem aufgeklappten Laptop saß und ihn herausfordernd anschaute. Hm, hatte er das Gerät gestern nicht mehr ausgeschaltet? Stirnrunzelnd blickte er auf den Monitor und ließ sich auf seinen Schreibtischstuhl fallen. Was war denn das? Er war sich hundertprozentig sicher, dass er am Vorabend nicht ein einziges Wort mehr geschrieben hatte; doch jetzt stand dort eine ausführliche, exzellente Beschreibung einer der Gärten, die er aufsuchen sollte. Nachdem Joachim sich den Text zum dritten Mal durchgelesen hatte, warf er seinem Kater einen ungläubigen Blick zu. »Kannst du mir mal verraten, wer *das* geschrieben hat?«

»Kann ich. Die Fotos musst du aber selbst einsetzen. Ich kann schließlich nicht deine ganze Arbeit erledigen.«

Irritiert starrte der Journalist seinen Mitbewohner an. Hatte er gerade richtig gehört oder halluzinierte er? Quatsch! Es konnte ja wohl nicht angehen, dass sein Kater plötzlich sprach. Oder doch? »Hast du … gerade … gesprochen?«, stotterte er versuchsweise.

Der Kater leckte sich seine Pfote und besah sich angelegentlich seine ausgefahrenen Krallen, so, als sei es das Selbstverständlichste der Welt, dass er sich mit seinem Menschen unterhielt. »Wonach hat es sich denn angehört? Natürlich habe ich mit dir gesprochen.«

»Aber, wieso kannst du das plötzlich?«

»Was ist daran denn so seltsam? *Du* kannst es ja auch!«

»Ja, aber ich bin ein Mensch! Und wieso hast du nicht schon längst einmal etwas zu mir gesagt?«

»Weil ich mir erst sicher sein musste, dass du dich als würdig erweist.«

»Dass ich *was*?«

»Dass du es verdienst, in den Genuss meines sprachlichen Könnens zu kommen.«

Völlig perplex blickte Joachim seinen Mitbewohner an. »Aha. Muss ich mich jetzt bei dir bedanken?«

»Kannst du machen oder auch nicht. Ich habe jedenfalls beschlossen, dir zu helfen.«

»Warum?«

»Weil du für einen Menschen ziemlich ok bist und … ich deine Hilfe brauche.«

»So, so, du brauchst also meine Hilfe. Und wobei, wenn ich fragen darf?«

»Das erzähle ich dir später.«

Joachims Erstaunen, dass sein Kater plötzlich sprechen konnte, hatte sich noch nicht ganz gelegt, doch eines interessierte ihn brennend: »Wieso kannst du eigentlich mit meinem Computer umgehen? Und: Hast du diesen wirklich fabelhaften Bericht ganz alleine fabriziert?«

»Nun, zu Frage Nummer eins: Ich habe dir oft genug dabei zugesehen, wenn du an deinem Laptop etwas geschrieben hast. Was meinst du, weshalb ich immer auf der Rückenlehne deines Schreibtischstuhles gelegen und dir über die Schulter gesehen habe? Zu Frage Nummer zwei: Ich gebe zu, dass Anton mir geholfen hat.«

»Wer ist Anton?«

»Du kennst deine Nachbarn anscheinend wirklich nicht. Anton ist der Kater, der bei den Stockmanns wohnt. Du weißt schon, die Villa am Ende der Straße. Der Name steht auf deiner Liste der Gärten, über die du schreiben sollst. Er hat mir unglaublich viel über die Blumen, Büsche und Bäume in seinem Garten erzählt. Er kennt sich wirklich gut aus.«

»Also kannst du auch lesen«, stellte Joachim resigniert fest. Langsam wunderte er sich über gar nichts mehr. »Das muss ich erst einmal verdauen. Das ist alles dermaßen unglaublich«, murmelte er.

»Womit kann ich mich bei ihm für seine Hilf bedanken?«

Der Kater grinste: »Mein Freund liebt Thunfisch über alles. Aber ich habe noch eine Bitte an dich: Hör endlich damit auf, mich immer nur ›Kater‹ zu nennen! Mein Name ist *Timotheus Falo von Mauz*. Du darfst mich aber der Einfachheit halber *Tim* nennen. Das tun alle meine Freunde. Ich werde dafür kurz *Jo* zu dir sagen. ›Joachim Helmfried‹ ist mir zu lang und klingt irgendwie ... doof.«

Joachim entgleisten die Gesichtszüge. Mit offenem Mund blickte er seinen pelzigen Mitbewohner an.

»Du weißt schon, dass du gerade etwas dümmlich aus der Wäsche schaust, oder?«, grinste dieser.

Der Journalist räusperte sich. »Entschuldige, aber schließlich erfahre ich nicht jeden Tag, dass ich einen sprechenden Kater beherberge, der auch noch mit Computern umgehen und lesen kann. Da kann es schon vorkommen, dass man sprachlos reagiert,« rechtfertigte Joachim sich. »Dann sollte ich mich jetzt wohl auf den Weg machen um Thunfisch zu kaufen und den Garten der Stockmanns zu fotografieren. Willst du mich begleiten?«

»Selbstverständlich komme ich mit. Schließlich brauchst du meine Hilfe.«

»Deine Hilfe? Wozu?«

Doch Tim hüllte sich in Schweigen. Erst als sie das Grundstück der Stockmanns betraten, mauzte er kurz und erklärte seinem Menschenfreund: »Du musst mich berühren, wenn wir mit Anton sprechen, nur dann kannst auch du ihn verstehen. Das ist ein Teil meiner Gabe an dich.«

So langsam konnte Joachim nichts mehr erstaunen. Im Gegenteil; er war gespannt, welche Überraschungen sein Mitbewohner noch für ihn bereit hielt.

Sie schritten den gepflasterten Weg des Grundstückes entlang in Richtung der Eingangstür. Auf der obersten Stufe saß ein hübscher nachtschwarzer Kater.
Freundlich blickte er ihnen entgegen.

»Seid gegrüßt. Ich freue mich, euch zu sehen«, schnurrte er.

Joachim hatte Tim auf seinen Arm genommen. »Die Freude ist ganz auf meiner Seite. Schön, dich kennenzulernen.«

»Hat dir mein Bericht über dieses Anwesen gefallen?«

»Er war einfach großartig. Hab vielen Dank dafür. Darf ich dir für deine Mühe eine Dose Thunfisch kredenzen?«

»Das wäre äußerst angenehm. Du darfst sie auch gleich öffnen. Meine Näpfe stehen dort drüben.«
Mit einer Kopfbewegung deutete Anton auf die überdachte Nische neben der Eingangstür.

Zum Glück hatte Joachim in letzter Sekunde noch daran gedacht einen Dosenöffner einzustecken. Rasch füllte er die Näpfe und ein herrlicher Duft umschmeichelte die Nasen der Katzen.

»Ihr seid herzlich eingeladen, mit mir zu speisen«, lud Anton seine Besucher ein.

Joachim lehnte dankend ab aber Tim ließ sich dies nicht zweimal sagen. Er stürzte zu dem Napf hin, als hätte er tagelang nichts zu fressen bekommen. Genüsslich schlangen die beiden Kater einträchtig den Fisch hinunter.

Joachim ließ derweil seine Blicke über den Garten schweifen. Zum Glück schien die Sonne und er würde bestimmt herrliche Fotos machen können.

Als die beiden Tiere ihr Mahl beendet hatten, setzte Joachim sich auf die Treppe und legte seine Hand auf Tims Rücken. »Hat es den Herren gemundet?«, schmunzelte er.

»Es war sehr delikat. Vielen Dank. Tim erzählte mir, dass du noch drei weitere Gärten beschreiben musst. Wenn du magst, erledige ich das für dich. Es macht mir wirklich viel Spaß und ist eine nette Abwechslung für mich. Na, und über die Bezahlung brauchst du dir keine Gedanken zu machen. Für eine Dose Thunfisch tue ich alles. Naja, sagen wir *fast* alles. Wobei: Sardinen mag ich auch!« Anton grinste und zwinkerte Joachim zu.

»Ich nehme dein Angebot sehr gerne an. Ich habe nämlich überhaupt keine Ahnung von Pflanzen und kann gerade mal Rosen von Kastanien unterscheiden.«

»Auch *das* hat Tim mir verraten«, schmunzelte Anton. »Also abgemacht. In den kommenden drei Tagen bekommst du die weiteren Beschreibungen.«

»Das ist fantastisch. Du nimmst mir damit eine große Last von den Schultern.«

»Wie gesagt, ich mache es gerne. Vor allem aber für Tim.«

»Für Tim? Wieso das?«

»Das wirst du noch erfahren«, tat Anton geheimnisvoll.

»Ihr seid schrecklich. Mich dermaßen im Ungewissen zu lassen und mir nur ab und zu ein Bröckchen zuzuwerfen«, stöhnte Joachim.

»Auch das gehört zu deiner Prüfung«, brummte Tim.

»Prüfung? Ach, ich gebe es auf«, seufzte der Journalist resigniert. Er wechselte das Thema. »Wie kommt es, das du dich dermaßen gepflegt auszudrücken weißt?«

»Nun, ich bin eine sogenannte Lesekatze. Ich lese alles was mir in die Pfoten kommt. Zudem schult es meinen Wortschatz und meine Ausdrucksweise.«

»Ich wusste gar nicht, dass es so etwas gibt«, gestand Joachim erstaunt.

»Oh, ja! Jede Katze hat ihre Berufung. Es gibt Beschützerkatzen, Jägerkatzen, Dichterkatzen und vieles mehr.«

»Und zu was bist du berufen?«, wandte Joachim sich an seinen Kater.

»Du wirst es noch herausfinden!«, lautete Tims kurze Antwort geheimnisvoll, wobei beide Katzen von einem Ohr zum anderen grinsten.

Eine Stunde später hatte Joachim sich beim Hausherren vorgestellt und war von ihm durch den weitläufigen Garten geführt worden. Nun hatte er zahlreiche Fotos geschossen, die es auszuwerten galt. So verabschiedeten Tim und er sich von Anton und begaben sich auf den Heimweg.

Drei Tage später waren die Berichte über die Gärten fertig. Das Erstaunliche war, dass nicht einer dem anderen glich. Anton hatte sich selbst übertroffen und exzellente Arbeit geleistet. Tim hatte alles in den Computer getippt und er, Joachim, die dazugehörigen Fotos geliefert.

Anton hatte jedes Mal vor dem entsprechenden Haus auf Tim und dessen Menschenfreund gewartet und seine Belohnung erhalten.

»Du kannst uns gerne einmal besuchen kommen«, lud er den Kater ein. »Was meinst du, Tim?«

»Klar, gerne, aber in den nächsten Wochen werden wir unterwegs sein. Danach lässt es sich sicher einrichten.«

»Wieso werden wir unterwegs sein?«, fragte Joachim perplex.

»Du erinnerst dich, dass ich dich um Hilfe gebeten habe und wir dir nur aus diesem einen Grund geholfen haben? Nun ist es an dir, dich zu revanchieren.«

Joachim hatte seine Arbeit auf einen Stick gespeichert und machte sich auf den Weg, um diesen bei seinem Chef abzuliefern. Nach kurzem Klopfen betrat er das Büro des Redakteurs.

»Du kommst hoffentlich nicht, um dich über die Garten-Kampagne zu beschweren und mich zu belatschern, dass ich sie jemanden anderen geben möge«, empfing Paul seinen Besucher.

»Nö.« Ein breites Grinsen hatte Joachims Gesicht überzogen. »Ich bin nur gekommen, weil ich dir das Ergebnis dazu präsentieren will.«

»Willst du damit sagen, dass du schon fertig bist?« Verblüfft schaute Paul seinen Mitarbeiter an. Damit hätte er nie und nimmer gerechnet.

»Hier bitte!« Damit reichte Joachim seinem Boss den Stick.

»Wieso hast du mir das nicht per E-Mail geschickt, wie sonst auch?«

»Zum einen, weil ich deine Reaktion darauf sehen wollte, und zum anderen, weil ich Urlaub beantragen möchte.«

»Urlaub? Na, erst mal abwarten«, brummte Paul.

Die folgenden zehn Minuten herrschte absolute Stille. Konzentriert las Paul die Berichte durch und betrachtete die Fotos. Dann wandte er seine Aufmerksamkeit wieder Joachim zu. »Das ist wirklich eine ganz hervorragende Arbeit, die du da geleistet hast. Ich bin total aus dem Häuschen. Es ist einfach grandios!«

»Prima. Das freut mich. Ich kann also mit dem Urlaub rechnen?«, fragte der Journalist unschuldig.

»Wie lange gedenkst du fortzubleiben?«

»Nun, ich denke so an drei Wochen.«

»Was? So lange?«

»Ja.«

»Wohin willst du denn?«

»Das weiß ich noch nicht. Mein Kater möchte verreisen, aber er hat mir noch nicht verraten, wohin es gehen soll.«

»So, so, dein Kater«, feixte Paul. »Na, dann wollen wir den pelzigen Gesellen mal nicht enttäuschen. Ich wünsche euch eine schöne Zeit und nochmals besten Dank für die prompte Erledigung deines Auftrages!«

»Gern geschehen. Tschüss, bis in drei Wochen!«

»So, Tim, der Boss war restlos begeistert von Antons und deiner Arbeit. Jetzt haben wir drei Wochen Zeit zum Faulenzen.«

»Dann pack mal deine Tasche. Und vergiss bloß meine Kuscheldecke nicht! Nur … das mit dem süßen Nichtstun wird wohl nichts.«

»Und warum nicht?«, Joachim klang frustriert. »Wann erfahre ich eigentlich mal, wo die Reise überhaupt hingehen soll?«

»Zur Burg Hohenfels!«

»Wieso denn ausgerechnet dorthin?«

»Erzähle ich dir unterwegs.«

Eine knappe Stunde später lenkte Joachim den Wagen auf die Autobahn. Sie kamen zügig voran, doch Tim hüllte sich noch immer in Schweigen. Seine Schnurrhaare und die Ohren hatte er angelegt und sein Schwanz peitschte aufgeregt hin und her. Joachim wusste, anhand dieser Anzeichen, dass sein Kater angespannt war und ließ ihn in Ruhe. Erst kurz bevor sie ihr Ziel erreichten, begann Tim zu sprechen. »Es geht um meinen Urgroßvater. Seit einhundertzwanzig Jahren fristet er sein Dasein als Körperloses Wesen. Wir müssen es schaffen, den Bann von ihm zu nehmen.«

Joachim war wie vom Donner gerührt und bremste scharf ab. Die Fahrzeuge hinter ihm stimmten ein Hupkonzert an und zeigten ihm einen Vogel, als sie die Spur wechselten, um an ihm vorbeizufahren. Joachim schaltete das Warnblinklicht an und steuerte auf den Seitenstreifen. Nachdem er gehalten hatte, starrte er seinen Kater ungläubig an.

»Nur damit ich es richtig verstanden habe: Dein Urgroßvater ist ein Geist und wir sollen ihn davon erlösen? Du verarscht mich doch jetzt.«

»Glaub was du willst. Aber du hast richtig gehört. Die ganze Geschichte erzähle ich dir, wenn wir da sind.«

»Und ich habe geglaubt, dass mich nichts mehr überraschen kann. Da habe ich mich wohl geirrt«, grummelte Joachim verstört. Dann startete er das Auto wieder und fädelte sich in den fließenden Verkehr ein.

Eine halbe Stunde später erreichten sie Burg Hohenfels.

»Donnerwetter, das nenn ich mal ein trutziges Gemäuer«, staunte der Journalist. »Komm, hüpf in die Tasche. Ich weiß nicht, ob Tiere darin erlaubt sind.«

Grinsend tat Tim ihm den Gefallen. Allerdings wusste er es besser.

An der Rezeption stand eine hübsche Frau mit braunen Locken und einem gewinnenden Lächeln. Sie schien Ende dreißig zu sein und blickte dem Gast freundlich entgegen.

»Haben Sie noch ein Zimmer frei?«, erkundigte Joachim sich erwartungsvoll und schob ihr seinen Ausweis zwecks der Anmeldung zu.

»Jetzt haben wir noch keine Saison. Außer Ihnen befindet sich nur ein älteres Ehepaar aus Norddeutschland hier. Wissen Sie denn schon, wie lange Sie bleiben werden, Herr Ritter?«

»Nun, vielleicht zwei Wochen? Ist es ein Problem, dass ich es Ihnen nicht genau sagen kann?«

»Nein, das geht schon in Ordnung. Wir haben nur einen Teil der Burg zu Gästezimmern umgebaut. Sollte dennoch eine Besucherlawine hier stranden, werden wir immer noch ein Plätzchen finden. Mein Name ist übrigens Barbara von Reichenstein. Nochmals herzlich willkommen. Ich hoffe, dass Sie sich bei uns wohlfühlen werden. Frühstück gibt es von 07:00 bis 10:00 Uhr und Abendessen von 19:00 bis 20:00 Uhr.«

In diesem Moment begann Tim in der Tasche zu strampeln. Frech schob er seinen Kopf heraus und maunzte.

»Oh, Sie haben ein kleines Pelzchen bei sich. Ich liebe Katzen!«

»Ich wusste nicht, ob Tiere hier erlaubt sind«, entschuldigte Joachim sich und öffnete das Transportbehältnis. Mit einem Satz sprang Tim heraus und lief zu der Frau. Schnurrend strich er ihr um die Beine.

»Ja, Bibo! Das ist ja eine Überraschung. Wo warst du denn die ganze Zeit? Ich habe dich so vermisst, du Schlingel!«

Die Frau beugte sich hinunter und kraulte Tim ausgiebig. Dann richtete sie sich wieder auf. »Entschuldigen Sie bitte, aber dieser kleine Ausreißer hat bis vor einem Jahr hier gelebt. Eines Tages war er dann spurlos verschwunden.«

»Tim ist mir vor einem knappen Jahr zugelaufen. Er saß vor meiner Haustür und begehrte Einlass. Da er nicht gechipt war, habe ich ihn behalten.« Joachim betonte den Namen des Katers extra. »Das ist ja verrückt.«

»Wo, sagten Sie, wohnen Sie?«

Joachim nannte ihr den Namen seiner Stadt.

»Das sind ja fast einhundert Kilometer!«, rief Frau von Reichenstein verwundert aus. »Na, jedenfalls ist es schön, dass das Katerchen wieder da ist. Dann gebe ich Ihnen mal den Schlüssel zu seinem Zimmer.«

»Wie? Tim hat sein eigenes Zimmer?«

Die Frau lachte. »Und ob! Wenn wir den Raum vermieten wollten, hat er ein unglaubliches Theater veranstaltet, so dass wir es eines Tages aufgaben und ihm sein Reich überließen.« Damit händigte sie Joachim den Schlüssel aus. »Gehen Sie einfach die Treppe hinauf. Oben halten Sie sich rechts. Es ist die zweite Tür auf der linken Seite. Oder folgen sie einfach Bibo, ach, nein, Sie nannten ihn ja Tim, dann belassen wir es doch dabei.«

Joachim nahm sein Gepäck und wandte sich in Richtung der Treppe. Tim rannte voraus und wartete vor der besagten Tür auf ihn.

Das Zimmer war sehr geräumig und verströmte einen urgemütlichen Charme. Ein riesiges Himmelbett nahm fast die Hälfte des Raumes ein. Zwei gemütliche Sessel waren um einen Kamin platziert, ein Schreibtisch, mit einer kleinen, antik anmutenden Tischleuchte und ein massiver Garderobenschrank vervollständigten die Einrichtung. Vor den Fenstern waren schwere Vorhänge angebracht und an einer der Wände hing ein riesiger Spiegel. Alles war hervorragend aufeinander abgestimmt und Joachim war überzeugt, dass er sich hier sehr wohl fühlen würde. Während Tim es sich in der Mitte des Bettes bequem gemacht hatte, räumte Joachim seine Sachen in den Schrank und legte Tims Schmusedecke auf das Bett.

»Setz dich bitte«, forderte der Kater Joachim auf.

Dieser tat, wie ihm geheißen und ließ sich in einem der Sessel nieder. Er war gespannt, was Tim ihm nun erzählen würde.

Der Kater räusperte sich und begann: »Wie ich dir bereits sagte, trug sich alles vor einhundertzwanzig Jahren zu.«

Was dann folgte, war eine zu Herzen gehende Geschichte, die Joachim sprachlos machte. Nachdem der Kater geendet hatte, herrschte eine Weile absolute Stille. Endlich fand der Journalist seine Sprache wieder. »Das ist unglaublich, was du mir da erzählt hast. Und was sind das nun für Aufgaben, die du erfüllen musst?«

»Das werden wir gleich erfahren. Wir werden meinem Urgroßvater, Augustus, einen Besuch abstatten. Doch lass mich bitte zuerst alleine mit ihm reden. Aus erklärlichen Gründen ist er nicht gut auf männliche Zweibeiner zu sprechen. Ich werde ihn schonend auf dich vorbereiten.«

»Das kann ich gut verstehen. Wo finden wir ihn denn?«

»Häng bitte den Spiegel ab. Dahinter verbirgt sich eine Geheimtür, durch die wir in das Zimmer gelangen, wo das schreckliche Unglück geschah, und das er seitdem nicht mehr verlassen hat.«

Joachim hob den schweren Spiegel von dessen Platz; und wie Tim gesagt hatte, kam eine mit edler Seidentapete versehene Tür zum Vorschein. Der Kater drückte mit einer Pfote dagegen und verschwand durch die Öffnung.

Augustus lag auf dem Lieblingssessel seiner einstigen Herrin und sah seinem Besucher neugierig entgegen.

»Wir haben uns lange nicht gesehen, Timotheus Falo. Schön, dich wiederzusehen, und schön, dass du mich nicht vergessen hast. Wie ist es dir ergangen?« Begrüßte der Katzen-Geist seinen Gast.

»Ich freue mich auch dich zu sehen, Urgroßvater. Tja, wie ist es mir ergangen? Ich habe mich auf die Suche begeben, um jemanden zu finden, der meiner Gaben würdig ist und mir helfen wird die Aufgaben zu erfüllen. Wir sind gekommen, um diese zu erfahren. Bevor ich dir meinen Freund und Begleiter vorstelle, möchte ich dich schonend auf ihn vorbereiten.«

»Wer ist dieser *Jemand*?«

»Es handelt sich dabei um meinen *Menschen*freund. Er wartet in dem Zimmer nebenan.«

Augustus stieß ein leises Knurren hervor. »Ausgerechnet ein Mensch! Du weißt aber schon, dass du die Aufgaben alleine lösen musst!? Nur dann wird der Bann aufgehoben.«

»Ja, das weiß ich.«

»Gut, wenn du ihm vertraust, hole ihn herein. Kennt er meine Geschichte?«

»Ja, ich habe sie ihm erzählt.«

»Also dann.«

Trotz der positiven Erzählungen seines Urenkels, blieb Augustus skeptisch. Argwöhnisch musterte er den Mann, der kurz darauf den Raum betrat.

Joachim hatte Tim auf den Arm genommen, so dass er dem folgen konnte, was das Körperlose Wesen berichten würde. Obwohl er darauf vorbereitet war, dass er einem Geist gegenüber stehen würde, überlief ihn, bei dessen Anblick, ein nicht zu unterdrückender Schauer. Trotzdem bemühte er sich,

sich nichts anmerken zu lassen. »Ich grüße Euch, Urgroßvater Augustus. Mein Name ist Joachim Helmfried Ritter und ich danke Euch, dass ich Euch kennenlernen darf. Es ist mir eine Ehre.«

Bei dieser wohlformulierten Anrede verflog Augustus´ Unbehagen. »Sei auch du mir gegrüßt, Menschenfreund meines Urenkels.«

»Darf ich fragen, wie viele ›Ur‹ Euch gegenwärtig sind?«

Der Geisterkater schmunzelte. »Wenn du davon ausgehst, dass wir zwischen fünfzehn und zwanzig Jahre alt werden, und ich fünfzehn Lenze zählte, als das Unglück geschah … rechne es dir selber aus. Außerdem ist es zwar schön, die alten, gestelzten Worte wieder einmal zu hören, aber du musst sie nicht benutzen. Rede, wie es sich in der Jetztzeit geziemt.«

Erleichtert seufzte Joachim leise auf.

»Du willst Timotheus Falo also bei seiner schwierigen Aufgabe zur Seite stehen?«

»Ja. Ich habe den Kater lieb gewonnen, deshalb möchte ich ihm gerne helfen.«

»Nun, auch er scheint dir sehr zugetan zu sein. Also höret: Um den Bann zu brechen benötigen wir: Ein Haar aus dem Barte Rübezahls, ein kleines Stück einer Wurzel aus dem Reich der Irrwurzen, Tränen der Elfen aus dem Feental, wobei die Zähren in einem Fingerhut aufgefangen werden müssen. Als nächstes müsst ihr den Herrscher über die

Quellen aufsuchen. Von ihm erbittet ihr etwas von dem Wasser der ewigen Jugend. Nehmt dafür das Fläschchen mit, welches dort auf der Kommode steht. Dann sucht ihr die Moorhexe auf. In ihrem Haus befindet sich eine Kräuterkammer. Von dort stibitzt ihr das Kraut der Erinnerungen. Es verströmt einen betörenden Duft und hat kleine gelbe Blüten. Dann fehlen nur noch ein Blütenblatt von den Lieblingsblumen meiner einstigen Herrin und eines deiner Schnurrhaare, Timotheus Falo. Das sollte die einfachste Aufgabe sein«, schmunzelte der Geist. »Was meinst du, wirst du diese sieben Aufgaben bewältigen können?«

Joachim und Tim sahen sich an. Gleichzeitig hoben sie ihre Köpfe und bekräftigten: »Ja, wir werden alles tun, um den Bann von dir zu nehmen.«

»Dann sei es so. Denkt jedoch daran, dass ihr von heute an nur neun Tage Zeit habt. Bis zum nächsten Vollmond. Ich wünsche euch gutes Gelingen und gebt auf euch acht!«

Mit einem schelmischen Augenzwinkern fügte Joachim noch hinzu: »Dass du aber auch hier auf uns wartest!«

»Seid unbesorgt, ich werde da sein«, lächelte Augustus. Doch, dieser Mann war ganz nach seinem Geschmack. So einen wie ihn hätte er sich für seine Gabriela gewünscht. Schade, dass die beiden sich um über ein Jahrhundert verfehlt hatten.

Wieder in ihrem Zimmer überschlug Joachim die Strecke zum Riesengebirge, der Heimat Rübezahls. »Ich denke, dass wir in drei Stunden dort sein können. Die gleiche Zeit zurück und bis wir ihn gefunden haben … sagen wir ein guter Tagesausflug. Also starten wir morgenfrüh um sechs Uhr. Ich werde Frau von Reichenstein bitten uns etwas Proviant einzupacken.«

Rübezahl

Joachim hatte die Fahrtzeit gut geschätzt. Nach knapp drei Stunden stellte er sein Auto auf einem Wanderparkplatz am Fuße des Riesengebirges ab.

»Denk daran, Rübezahl nicht bei seinem Namen zu nennen; und auch die Bezeichnung ›Berggeist‹ schätzt er nicht. Wir wollen ihn ja nicht verärgern«, erinnerte der Journalist Tim.

»Sei unbesorgt. Schließlich bin ich derjenige, der es auf gar keinen Fall vermasseln darf«, antwortete der Kater und sprang fröhlich den Bergpfad hinauf. Joachim, das Wandern über Stock und Stein nicht gewohnt, stolperte hinter ihm her. Nach einer guten Stunde machten sie Rast. Sie verspeisten die liebevoll zubereiteten Speisen, welche die Burgherrin ihnen eingepackt hatte, und ließen ihre Blicke schweifen. Die einzigartige Bergwelt, mit ihren Tälern und Höhen zog sie in ihren Bann.

»Was meinst du«, fragte Joachim seinen Kater, »wollen wir einen Versuch starten, den Berggeist herbeizurufen?«

»Probieren wir es. Aber rufen musst du. Ich glaube nicht, dass er mein Maunzen hört.«

»Na denn, los geht's!« Joachim räusperte sich noch einmal und rief dann lauthals: »Herr der Berge, wir rufen dich!« Dies wiederholte er noch zwei Mal. Plötzlich erklang hinter ihnen eine tiefe Stimme.

»Ihr habt mich gerufen. Hier bin ich. Was wollt ihr von mir?«

Rasch drehten die beiden sich um. Sie standen einem uralten Mann, in eine graue Kutte gekleidet und mit einem langem weißen Bart gegenüber. Sein Gesicht war durchzogen mit unzähligen Falten, doch seine Augen blickten hellwach. »Ihr wisst hoffentlich, dass man mich nur aus triftigen Gründen ruft. Ansonsten wird euch mein Zorn treffen und glaubt mir, eure Strafe wird furchtbar sein!«

»Guter Berggeist«, begann der Kater, »wir danken dir, dass du unserem Ruf gefolgt bist. Mein Name ist Timotheus Falo von Mauz. Mein Begleiter heißt Joachim Helmfried Ritter. Wir haben dich gerufen, weil ich deine Hilfe benötige. Und bitte vergib mir die Anrede *Berggeist*, dieses Missgeschick ist nur meiner Aufregung zu Schulden, dir zu begegnen. Es wird nicht wieder vorkommen.«

»Es sei dir vergeben. Doch nun sprich, Kater. Wie kann ich dir helfen?«

»Ich brauche ein Haar aus deinem Bart«, brachte Tim leise hervor.

Schallendes Gelächter hallte durch die Bergwelt. Als der Heiterkeitsausbruch Rübezahls verebbte, blickte er den Bittsteller freundlich an. »Was bekomme ich dafür von dir?«

»Was möchtest du denn haben?«

»Eine Geschichte. Aber sie muss der Wahrheit entsprechen und mich beeindrucken.«

»So sei es«, stimmte der Kater zu. »Komm, setzen wir uns dort auf die Wiese.«

Nachdem sie alle Platz genommen hatten, erzählte Tim dem Berggeist die Geschichte seines Urgroßvaters. Gut, er schmückte sie noch ein wenig aus, aber nur so viel, dass sie nicht erfunden wirkte. Als er geendet hatte, blieb es minutenlang still.

»Das war die ergreifendste Geschichte, die ich seit langem gehört habe. Es ist sehr mutig von dir, dich diesen Aufgaben zu stellen. Ich gebe dir jedoch nicht nur *ein* Haar aus meinem Barte, sondern zwei! Die hast du dir redlich verdient.« Damit riss der Berggeist sich zwei seiner Haare aus und reichte sie Joachim.

»Hab vielen Dank, lieber Herr der Berge.« Der Kater war überglücklich.

»Was beabsichtigst du als nächstes zu tun?«

»Ich denke, dass ich mir von den Elfen die Tränen hole und dann werde ich mich zu den Irrwurzen begeben«, gab Tim Auskunft.

Rübezahl legte seine Stirn in Falten. »Die Elfen sind freundliche, liebreizende Geschöpfe. Bring ihnen etwas Blütenhonig mit, dann werden sie dir ihre Tränen schenken. Bei den Irrwurzen ist das schon ein schwierigeres Unterfangen. Es sind hinterhältige kleine Biester. Ihre Wurzeln unterscheiden sich nicht von normalen. Wenn du versehentlich auf die eine der ihren trittst, verlierst du jegliche Orientierung und findest nie mehr nach Hause. Gib also gut acht!«

»Vielen Dank für deine guten Ratschläge. Ich werde sie gewiss beherzigen!«

»Wenn du einmal Hilfe brauchst, rufe mich, Timotheus Falo von Mauz; und wenn deine Mission von Erfolg gekrönt ist, so komme noch einmal her und berichte mir.«

»Das machen wir sehr gerne. Und nochmals vielen Dank, Herr der Berge!«

Tim und Joachim verabschiedeten sich und traten ihren Heimweg an. Sie waren erleichtert, dass alles so gut verlaufen war. Nach ein paar Schritten wandten sie sich noch einmal um, um dem Berggeist zuzuwinken, doch dieser war bereits verschwunden.

Müde kehrten Joachim und Tim am frühen Abend in die Burg zurück. Die Fahrt von Tschechien hatte länger gedauert, als der Journalist eingeplant hatte, da er eine Abzweigung verpasst und sich verfahren hatte.

»Wo wollen wir die wertvollen Haare verstecken?«, fragte Tim, nachdem sie ihr Zimmer betreten hatten.

»Ich habe mir überlegt, sie in einen Briefumschlag zu stecken und Frau von Reichenstein zu bitten, ihn in ihrem Tresor zu verwahren. Das können wir gleich machen, wenn wir zum Abendessen hinuntergehen.«

Die Tränen der Elfen

Am folgenden Tag verließen Joachim und Tim lange vor Sonnenaufgang die Burg. Der Weg ins Feental war nicht ausgeschildert. Joachim hatte nur eine grobe Idee, wo es sich befand. So stolperten sie eine ganze Weile durch den dunklen Wald. Gerade als die Beiden schon kehrt machen wollten, erreichten sie ein Birkenwäldchen. Der Journalist wusste, dass sich in dessen Nähe gerne die Waldgeister aufhielten. Also setzten sie ihren Weg fort. Bald schon gelangten sie auf eine grasbewachsene Lichtung, in deren Mitte sie das Töpfchen mit dem Blütenhonig auf einen Baumstumpf stellten. Tim setzte sich daneben und Joachim suchte sich ein Versteck. In einiger Entfernung kauerte er sich hinter ein dichtes Gebüsch. Nun hieß es abwarten. Lange wurde ihr Geduld jedoch nicht auf die Probe gestellt. Im Dunst des anbrechenden Tages erschienen nach und nach die Elfen. Es waren sieben Stück an der Zahl. Sie umkreisten Tim und den Honigtopf.

»Hast du uns diese Gabe zuteilwerden lassen?«, fragte die Älteste von ihnen.

»Ja, das habe ich«, antwortete der Kater.

»Das ist sehr liebenswürdig von dir. Wie können wir dir danken?«

»Ich bräuchte eure Tränen, um einen Zauber zu bannen.«

»Das wird schwierig. Du musst wissen, dass wir fröhliche Wesen sind, die gerne tanzen, singen und lachen. Wir müssen darüber beratschlagen. Du hast eine schöne Stimme. Vielleicht magst du uns derweil ein Lied vorsingen?« Die Elfen verschwanden und ließen Tim verdattert zurück. Was um Himmelswillen sollte er ihnen für ein Lied vorsingen? Da fiel ihm ein, dass er einmal eine Geschichte gelesen hatte. Diese spielte im hohen Norden und es ging dabei um ein buckliges Männlein, namens Fingerhut. Fingerhut? War das jetzt ein Zufall oder weshalb sollte er die Tränen der Elfen in einem Solchen auffangen? Wie ging doch gleich das Lied, welches der Korbflechter den Elfen vorgesungen hatte? Nach kurzer Überlegung fiel es ihm wieder ein und er begann zu singen:

»Wenn der Mond am Himmel steht
und der Abendwind leis´ weht,
hell der Schrei des Käuzchens hallt,
durch den tiefen, dunklen Wald,
dann nehmt Harfen schnell und Geigen
und spielt auf zum lust´gen Reigen,
lasst uns tanzen, fröhlich sein,
bis in die Morgendämmerung hinein.«

Unbemerkt von ihm hatten die Elfen sich wieder auf der Wiese eingefunden. Begeistert klatschten sie in ihre zarten Hände. »Oh, Kater, das war wunderschön! Vielen Dank. Wir wollen dir gerne unsere Tränen schenken, aber … du musst uns zum Weinen bringen.«

Was bei Rübezahl gewirkt hatte, würde ihm vielleicht auch bei den Elfen gelingen; und so erzählte er die traurige Geschichte seines Urahnen erneut.
Noch bevor er geendet hatte, begannen die ersten Feenwesen zu schluchzen. Rasch zog er den Fingerhut hervor, der in einem kleinen Täschchen steckte, welches Joachim ihm umgebunden hatte. Er war es auch gewesen, der die Burgherrin um den Fingerhut gebeten hatte. Sie hatte eine Weile in ihrem Nähkästchen herumgekramt, bis sie das Gewünschte gefunden hatte. Sie war noch nie nach so einem Utensil gefragt worden.

Nun sprang Tim hurtig von einer Elfe zur nächsten, um die kostbaren Tränen aufzufangen. Es dauerte nicht lange und das Behältnis war gefüllt. Behutsam stellte er den Fingerhut in ein etwas größeres Döschen und verschloss dieses. Dann steckte er es in sein Täschchen und bedankte sich.

»Nein, du brauchst uns nicht zu danken. Unser Dank gebührt dir! Das war wirklich eine zu Herzen gehende Geschichte. Außerdem hast du uns den Honig und das Lied geschenkt. Wir stehen tief in deiner Schuld. Wenn du einmal unsere Hilfe brauchst, komm einfach hierher. Wir würden uns freuen, dich wiederzusehen.«

Als die ersten Sonnenstrahlen sich ihren Weg durch die Zweige der Bäume bahnten, zogen sich die Elfen in ihr unterirdisches Reich zurück.

Tim war glücklich, dass er auch die zweite Aufgabe so rasch hatte ausführen können. Mit hoch aufgerichtetem Schwanz eilte er auf das Gebüsch zu, hinter dem Joachim auf ihn wartete.

»Ich wusste gar nicht, dass du so toll singen kannst«, empfing dieser seinen vierbeinigen Freund grinsend.

»Du weißt vieles nicht, Jo«, erwiderte Tim geheimnisvoll lächelnd.

»Was meinst du, wollen wir nach dem Frühstück die Irrwurzen suchen?«, schlug Joachim vor.

»Eigentlich wollte ich ein kleines Schläfchen halten«, murrte Tim, »aber du hast recht. Wir sollten die Aufgaben so schnell wie möglich erledigen. Schließlich haben wir nicht viel Zeit.«

Nachdem Joachim das Döschen mit dem Fingerhut und den Elfentränen wieder in einen Umschlag gesteckt, und Frau von Reichenstein zur Aufbewahrung gegeben hatte, gingen Joachim und Tim los. Die Burgherrin sah ein wenig verwundert auf den unförmigen Umschlag, fragte aber nicht nach. Joachim versicherte ihr, dass sie ihren Fingerhut in den nächsten Tagen zurückerhielte und bat sie erneut um einen Gefallen. Dieses Mal handelte es sich um eine Rolle feinster Angelschnur. Auch damit konnte Barbara aushelfen. Sie war schon gespannt, um was der nette Gast sie als Nächstes bitten würde.

Die Irrwurzen

Der Wald, in dem Joachim die Irrwurzen vermutete, war nicht weit entfernt. Sie hatten ein ausgiebiges Frühstück genossen, so tat ihnen der Spaziergang besonders gut. Nach etwa einem Kilometer bog ein Forstweg von der Straße ab. Dort lagerten geschlagene Baumstämme, die auf ihren Abtransport warteten. Auf einen dieser Stämme setzte sich nun Joachim. »Weiter komme ich nicht mit dir in den Wald hinein. Es wäre nicht gut, wenn ich derjenige wäre, der auf eine der Irrwurzen tritt.«

Tim sah seinen Menschenfreund unsicher an. »Was ist, wenn ich den Weg zu dir nicht zurück finde?«

»Mach dir keine Sorgen, Katerchen«, beruhigte Joachim ihn und zog die Angelschnur aus seiner Jackentasche. »Davon binde ich jetzt das eine Ende um eine deiner Hinterpfoten. Die dünne, fast durchsichtige Nylonschnur wird auf dem Waldboden, in dem Laub, nicht zu erkennen sein; und wenn ich merke, dass du in Schwierigkeiten bist, ziehe ich einfach daran, so dass du den Rückweg problemlos findest.«

Tim war seinem Menschen dankbar, dass er so umsichtig war und ihm half wo er nur konnte. Trotzdem war ihm mulmig zumute. Zögernd pirschte er um die Bäume herum und trat auf jede Wurzel, die er sah. Langsam spulte die Schnur sich ab. Plötzlich gab es ein knackendes Geräusch. Wie erstarrt blieb Tim stehen. Die Wurzel unter seinen Pfoten war in zwei Teile gebrochen. Augenblicklich erschien auch schon der Irrwurz. Besser gesagt dessen Gesicht. Hinterhältige Augen blitzten den Kater böse an. Die dicke Knollennase und der schiefe Mund jagten Tim Angst ein. Da krächzte auch schon eine schnarrende Stimme: »Was suchst du hier in meinem Wald? Und warum hast du meine Wurzel zertreten?«

»Entschuldige, bitte, aber ich brauche ein Stückchen von der Rinde«, stotterte Tim eingeschüchtert.

»So, so! Ein Stückchen Rinde braucht der Kater«, ätzte der Irrwurz. »Und was willst du damit? Dir ein Nest bauen?« Das Waldwesen kicherte schäbig.

»Nein, ich brauche es, um einen Zauberbann zu lösen«, erwiderte Tim bestimmt. Seine Angst war plötzlich verflogen. Jetzt ärgerte er sich nur noch über die ungehobelte Art des Irrwurzes.

»Hä, hä, hä, hääa! Das wird ja immer putziger mit dir. Eine solch dämliche Ausrede habe ich noch nie gehört.«

»Dann ist es eben heute das erste Mal. Im Übrigen ist es keine Ausrede, aber glaub doch was du willst. Was ist, bekomme ich jetzt die Rinde?«

»Du weißt, was mit den Kreaturen geschieht, die auf uns Irrwurzen treten? Um dein Wissen aufzufrischen: Wir nehmen ihnen ihre Orientierung und sie finden niemals mehr zurück!«

»Ich werde den Rückweg schon finden!« Tim ließ sich nicht beirren.

»Was gibst du mir, wenn ich dir ein *winziges* Stück meiner wertvollen Rinde überlasse?«

»Was willst du denn haben? Ich habe nichts, was dich zufriedenstellen würde.«

Der Irrwurz lachte schaurig, so dass Tim alle Haare zu Berge standen.

»Dann werde ich dir jetzt drei Rätsel stellen. Wenn du mir die richtigen Antworten lieferst, kannst du dir ein Stück der Rinde nehmen und ich lasse dich ziehen.«

Tim war das heimtückische Grinsen nicht entgangen und war auf alles gefasst. Im Raten von Rätseln war er eigentlich ganz gut. »Abgemacht«, stimmte er zu. »Wie lautet das erste Rätsel?«

»Nun denn: Welche Uhr hat keine Zeiger?«

Der Kater brauchte nicht lange zu überlegen. »Die Sanduhr!«, triumphierte er.

Der Irrwurz grummelte. »Freu dich nicht zu früh! Hier kommt das Nächste: Was hat Augen und kann trotzdem nichts sehen?«

Verdammt. Das war schon bedeutend schwieriger. Tim dachte angestrengt nach. Plötzlich hatte er die Lösung: »Ein Würfel!«, stieß er hervor.

Das Waldwesen knirschte vor Wut. »Das folgende, und zugleich letzte Rätsel, errätst du nie!«, frohlockte es. »Welcher Bogen lässt sich nicht spannen?«

Meine Güte, waren das bescheuerte Fragen. Schade, dass ihm hierbei niemand helfen konnte. Da hatten ihm der Herr der Berge, Jo und die Elfen zugesichert, dass sie ihm zur Seite stehen würden, wenn er einmal in Schwierigkeiten wäre, aber wie sollten sie das hier und jetzt tun? Tims Verzweiflung wuchs. Er *musste* die Lösung finden! Zu allem Pech begann es auch noch zu regnen und das obwohl die Sonne schien. Dann gäbe es bestimmt gleich einen Regenbogen. Schade, hier in dem Wald würde er ihn nicht sehen können. Tim liebte Regenbögen … Moment mal, das war´s doch! »Der Regenbogen ist die Antwort! Ihn kann man nicht spannen!«, seine Erleichterung war grenzenlos.

»Ich gratuliere dir. Das hat zuvor noch keiner geschafft«, knurrte der Irrwurz. »Nun, ich stehe zu meinem Wort. Nimm deine Rinde und verschwinde, bevor ich es mir anders überlege.«

Tim brach ein Stück Holz von der Baumwurzel ab und suchte schleunigst das Weite. In seiner Eile verhedderte er sich in der Angelschnur und fiel der Länge nach hin. Das passiert Katzen so gut wie nie, und so streifte er sich das Anhängsel von der Pfote. Unbeirrt fand er den Weg zurück und erreichte wenig später seinen Freund. Vergnügt machten sie

sich auf den Heimweg. Unterwegs erzählte Tim Joachim von seinem Abenteuer. Der Journalist war unbeschreiblich stolz auf seinen schlauen Kater. Zumal er sich nicht sicher war, ob er die Rätsel hätte lösen können.
Nachdem Joachim die Rinde ebenfalls in einen Briefumschlag gesteckt und von der Hotelbesitzerin im Tresor hatte einschließen lassen, kuschelte er sich mit Tim auf das breite Bett und gemeinsam hielten sie ein sehr, sehr langes Mittagsschläfchen.

Nach dem Abendessen setzten die beiden sich in die bequemen Sessel im Salon. Da das Ehepaar aus Norddeutschland heute abgereist war, hatte Frau von Reichenstein Zeit und gesellte sich zu den zwei verbliebenen Gästen. Es wurde ein langer, fröhlicher Abend. Sie unterhielten sich über Gott und die Welt und die Frau wurde Joachim immer sympathischer. Als er, den Kater auf dem Arm, sich zur Nachtruhe begab, hatten er und die Burgherrin Brüderschaft getrunken, und der Journalist sann darüber nach, den hiesigen Urlaub um ein paar Tage zu verlängern.

»Was wollen wir denn heute in Angriff nehmen. Wozu bist du bereit?«, fragte Joachim den Kater, als sie gefrühstückt hatten.
　»Ich denke, dass wir den Hüter der Quellen aufsuchen sollten. Die Moorhexe heben wir uns für

später auf. Irgendwie graust es mir davor«, antwortete Tim.

»Das kann ich gut verstehen. Also, auf zum Nöck.«

»Wo meinst du finden wir ihn?«

»Hm, vielleicht bei dem Wasserfall, in der Nähe der Feenwiese.«

»Einverstanden. Dann lass uns aufbrechen.«

Der Hüter der Quellen

Sie hörten das Rauschen des Wasserfalls lange bevor sie ihn sahen.

»Ich werde hier auf dich warten«, beschied Joachim, als sie nahe genug waren. »Die Felsen bieten mir eine gute Deckung; aber wenn du mich brauchst und nach mir rufst, werde ich dich hören und kann schnell bei dir sein.«

Tim sprang den steilen Felshang hinauf. Er vermutete, dass der Nöck, wie der Hüter der Quellen, Flüsse, Seen und Teiche genannt wurde, oben, wo das Wasser entsprang, zu finden sein würde. Kurz bevor er sein Ziel erreichte, hörte er ein herzzerreißendes Schluchzen. Leise schlich Tim näher. Und dann sah er ihn! Ein kleines Männlein, gekleidet in ein hellblaues Gewand und einem dunkelblauen Umhang saß auf einem der Felsen und weinte bitterlich. Ein paar Schritte vor dem Hüter der Quelle, denn um niemand anderen konnte es sich handeln, blieb Tim stehen. Das Männlein war so klein, dass es dem Kater nicht einmal bis zu dessen Kinn reichte.

»Warum weinst du denn so?«, fragte er mitfühlend.

Das Männlein erschrak. Doch als er erkannte, dass sich hinter der Stimme ein kleiner Kater verbarg, seufzte er nur und sprach: »Es ist ein großes Unglück geschehen und ich weiß nicht, was ich noch machen soll.«

»Was ist denn passiert?«, erkundigte Tim sich.

»Die Quelle mit dem Wasser der ewigen Jugend ist versiegt. Jahrhunderte ist das kostbare Nass stetig aus dem Fels getropft; doch nun ist die Quelle versiegt. Wenn ich es bis zum nächsten Vollmond nicht schaffe eine besonders knifflige Aufgabe zu lösen, wird sie niemals wieder sprudeln.

»Vielleicht kann ich dir ja helfen?«, bot Tim an.

»Ich wüsste nicht, wie du mir helfen könntest«, wieder begann der Nöck zu weinen. »Außerdem darf ich keine Hilfe annehmen«, brachte er stockend hervor.

»Es muss ja niemand erfahren. Wir sind hier doch ganz alleine. Sag mir doch bitte was das für eine Aufgabe ist, die du bewältigen musst.«

»Na gut, wenn du meinst. Komm mit.« Der Nöck erhob sich und verschwand in eine, hinter dem Wasserfall gelegene, Höhle. Tim folgte ihm vorsichtig, damit er auf den glitschigen Steinen nicht ausrutsche. In der kleinen Grotte herrschte ein schummriges Licht. Das Männlein deutete auf ein rundes Gebilde, das vor langer Zeit in den Boden gehämmert sein musste. In der Mitte befand sich ein mystisches Zeichen, welches der Kater nicht zuordnen konnte, aber am Rand erkannte er die zwölf Sternzeichen. »Was hat es mit den Tierkreiszeichen denn auf sich und was ist dein Problem?«

Der Nöck deutete auf einen kleinen Hügel mit Edelsteinen. »Diese Steine müssen den jeweiligen Sternenbildern zugeordnet werden. Erst wenn alle an ihrem richtigen Platz liegen, wird das Wasser der ewigen Jugend wieder fließen. Ich habe schon so viele Möglichkeiten probiert, aber es will mir einfach nicht gelingen.« Wieder flossen Tränen und der Nöck schluchzte.

Tim sah sich die Abbildungen und die glitzernden Juwelen genau an. Das war verdammt knifflig, zumal er absolut keine Ahnung hatte, wohin er welchen Stein zu legen hatte. »Seit wann tüftelst du denn schon damit herum?«, fragte Tim den Unglücklichen.

»Seit Ende des vergangenen Winters.«

»Was, so lange? Das ist ja über ein halbes Jahr!« Der Kater war entsetzt. Er sah nur eine einzige Möglichkeit: Joachim musste helfen! »Hör zu, lieber Nöck, unten am Fuße des Wasserfalls wartet ein Freund von mir. Er ist der Einzige, der dir helfen kann.«

»Wer ist dieser Freund?«, fragte der Hüter der Quelle skeptisch.

»Er heißt Joachim und ist ein Mensch.«

Der Nöck wich zurück. Zitternd rief er: »Nein! Um nichts auf der Welt darf mich ein menschliches Wesen je zu Gesicht bekommen!«

»Er wird dich nicht sehen«, beruhigte Tim ihn. »Ich werde mit ihm sprechen und dir die Antworten zurufen. Das ist der einzige Weg. Eine andere Möglichkeit gibt es nicht.«

Nach langem Zögern willigte das Männlein schließlich ein. »Aber ihr müsst mir versprechen, dass ihr niemals verratet, dass ihr mir geholfen habt!«

»Großes Katerehrenwort!«

»Gut, dann meinetwegen.«

Tim trat hinter dem Wasserfall hervor und rief so laut er konnte, um das gewaltige Rauschen zu übertönen: »J O A A A C H I M!!!«

Augenblicklich tauchte der Gerufene hinter dem Felsen auf. »Brauchst du Hilfe?«

»Ja! Du musst mir sagen welche Edelsteine zu den jeweiligen Sternzeichen gehören!«

»Warum willst du das wissen?«

»Das erkläre ich dir später!«

Damit gab der Journalist sich zufrieden und zog sein Mobilfon aus der Tasche. Zum Glück hatte er hier Empfang und es dauerte nicht lange, bis er dem Kater die Bezeichnungen der jeweiligen Steine zurufen konnte:

Widder: Aquamarin, Stier: Smaragd, Zwillinge: Topas, Krebs: Mondstein, Löwe: Diamant, Jungfrau: Saphir, Waage: Opal, Skorpion: Peridot,

Schütze: Tansanit, Steinbock: Rubin, Wassermann: Granat, Fische: Amethyst.

So, wie Joachim seinem Kater die Bezeichnungen zugerufen hatte, gab Tim sie an den Hüter der Quellen weiter und in Nullkommanichts war das Steinrund mit den dazugehörenden Edelsteinen bestückt. Gespannt warteten Tim und der Nöck darauf, dass das Wasser der ewigen Jugend wieder floss. Doch nichts geschah. Unglücklich blickte das Männlein an die Wand, an der das Wasser herabfließen sollte. Einer inneren Eingebung folgend besah sich Tim den Kreis und trat auf den mittleren Stein mit dem mystischen Zeichen. Plötzlich ertönte ein leises Plätschern. Das Männlein hüpfte in der Grotte herum und quietschte vor Vergnügen, weil die Quelle wieder sprudelte. Im Überschwang seiner Gefühle umarmte der Nöck die Pfote des klugen Katers, da er nicht höher an diesen heranreichte. »Du hast mich gerettet!«, strahlte er. »Ich bin dir zu großem Dank verpflichtet. Ohne deine Hilfe wäre eines der geheimen Wunder dieser Erde auf immer verloren gewesen!« Dann fiel ihm etwas ein. »Entschuldige bitte, ich habe dich noch gar nicht nach deinem Namen gefragt und was dich zu mir geführt hat; und wieso baumelt an deinem Hals ein Fläschchen?«

Tim stellte sich vor und erklärte dem Nöck, warum er hier war. Nachdem er kurz die Geschichte seines Urahnen erzählt hatte, huschte ein Strahlen über das Gesicht des Männleins.

»Lass mich das Fläschchen füllen«, beschied der Nöck. »Wenn es jemand verdient hat, mein kostbares Nass zu erhalten, dann du und dein Freund. Nun kann ich die nächsten einhundert Jahre beruhigt sein.«

»Vergiss bis dahin aber nicht, wo welcher Edelstein zu liegen hat«, lachte Tim.

»Das werde ich ganz bestimmt nicht. Du musst wissen, dass ein kleines Erdbeben die Steine durcheinander gewürfelt hatte, kurz nachdem ich dieses Amt als Hüter übernommen hatte. Mein Vorgänger war dermaßen schnell verschwunden, dass ich ihn nicht mehr fragen konnte.«

»Ich muss nun gehen«, verabschiedete Tim sich. »Hab Dank für das Wasser und pass gut auf dich auf!«

»Ich habe dir zu danken, kleiner Kater. Ich werde auf ewig in deiner Schuld stehen. Komm mich mal wieder besuchen. Es ist ziemlich einsam hier.«

»Das mache ich vielleicht. Leb wohl!« Tim machte sich vorsichtig an den Abstieg. Am Fuße des Wasserfalls löste Joachim das Band, mit dem das Fläschchen an Tims Hals befestigt war. Während des Heimwegs erzählte der Kater seinem Freund von der Unterhaltung mit dem Nöck und auch Joachim versprach, nie zu verraten, was sich zugetragen hatte.

Die Moorhexe

»Wo wir schon mal hier sind«, begann Joachim, »bist du bereit, es mit der Moorhexe aufzunehmen? Du weißt, dass wir nur noch zwei Tage Zeit haben, und je eher du dich dieser Aufgabe stellst, desto eher hast du es hinter dir.«

Tim schluckte. Joachim hatte ja recht, aber ihm graute vor dieser Prüfung ganz fürchterlich. Nun, es nutzte ja nichts. Also machten sie sich auf die Suche nach der Moorhexe.

Joachim hatte herausgefunden, dass es ganz in der Nähe sein musste, von dort aus, wo sie sich gerade befanden. Er konnte das Moorgebiet schon sehen und steuerte darauf zu. Tim hielt sich dicht hinter ihm.

Das Gebiet war mit Erlen, Schilfkolben und Binsen bewachsen. Je weiter sie voranschritten, desto weicher wurde der Boden. Joachim hatte das Gefühl über Schwämme zu laufen. Der nasse Torfboden gluckste und er konzentrierte sich auf die Spuren, die Tiere des Waldes hinterlassen hatten. Dieser Weg schien sicher zu sein. Er musste nur achtgeben, ihn nicht zu verfehlen. Rechts und links von ihnen erstreckte sich das unheimliche Moor. Wenn sie auch nur einen falschen Schritt machten, würden sie unweigerlich darin versinken. Der Morast würde sie unnachgiebig in die Tiefe ziehen, woraus es kein Entkommen gäbe. Joachim fühlte sich ebenso unwohl in seiner Haut wie Tim, aber mutig setzten sie behutsam einen Schritt vor den anderen und gingen tapfer weiter. Sie kamen nur langsam voran, doch plötzlich tauchte vor ihnen eine Lichtung auf. Hier standen die Erlen etwas dichter, so dass sich ein lichter Wald ergab. Auch kleine, krüppelige Kiefern hatten sich angesiedelt. Durch eine Lücke in den Bäumen konnten sie ein halb verfallenes Haus sehen, um das herum Wollgras blühte. Sie hatten ihr Ziel erreicht.

»So, mein Freund. Von hier aus musst du alleine weitergehen. Ich verstecke mich dort hinter den Kiefern, so kann ich dich beobachten.« Liebevoll streichelte Joachim Tim über den Kopf. »Du schaffst das, mein Junge. Du bist mutiger, als du denkst!«

Tim straffte sich und nach einem kurzen Blick zurück schritt er auf die Hütte zu. Als er näher kam, sah er ein altes, verhutzeltes Weiblein auf einer Bank vor dem Haus sitzen.

»Guten Tag, liebe Moorhexe«, begrüßte Tim die Greisin mit zitternder Stimme.

»Dir auch einen guten Tag, kleiner Kater. Was führt dich zu mir in diese Einsamkeit?«, krächzte sie.

Eigentlich klingt ihre Stimme ja recht freundlich, fand Tim. So rückte er etwas mutiger mit seinem

Anliegen heraus: »Ihr besitzt das Kräutlein der Erinnerung. Ich bin gekommen, um euch um ein Zweiglein davon zu bitten.«

»So, so! Mein gutes, wertvolles Kräutlein möchtest du also haben. Sag, hast du denn gar keine Angst vor mir? Angst, dass ich dich verhexen könnte?«

»Doch, schon, aber es ist ungeheuer wichtig, dass du mir das Kraut gibst.«

»So, so! Wieso ist es denn so wichtig?«

Zum wiederholten Male erzählte Tim nun die Geschichte seines Urahnen. Als er geendet hatte, schwieg die Hexe lange und sah ihn forschend an. »Du bist mutig, dich diesen Aufgaben zu stellen, aber du hast ein reines Herz, also werde ich dir etwas von dem Kräutlein überlassen. Doch was gibst du mir dafür?«

»Ich habe nichts, was ich dir geben könnte«, antwortete Tim verzagt.

»So, so! Du kommst mit leeren Pfoten zu mir und forderst ein Geschenk. So geht das nicht!« Wieder verfiel die Hexe in Schweigen. Plötzlich kicherte sie. »Ich hab´s! Ich möchte von dir ein Gedicht über meine Schönheit! Aber es darf keine Lügen enthalten, sonst behalte ich dich als mein Diener bei mir!«

Völlig perplex starrte Tim die hässliche Alte an. Was sollte er an *ihr* Schönes entdecken? Die zotteligen Haare, die große Nase mit den Warzen, der

fast zahnlose Mund? Das war eine unlösbare Aufgabe. Aber was war die Alternative? Auf gar keinen Fall konnte er seinen Urahnen enttäuschen und der Hexe dienen wollte er auf gar keinen Fall!
»Also gut!«, stimmte er zu. »Du sollst dein Gedicht bekommen aber ich brauche etwas Zeit.«

»Die sollst du bekommen. Du bist wirklich ein außergewöhnlicher kleiner Kater. Wenn mir dein Werk gefällt, bekommst du dein Kräutlein und ich lasse dich ziehen. Darauf hast du mein Wort. Aber keine Übertreibungen! Jetzt fang an.«

Tim setzte sich und betrachtete die alte Hexe. Nun, sie war bestimmt nicht immer alt gewesen. Vielleicht war sie einst auch recht hübsch. Mit ein bisschen Fantasie …

»Ich bin fertig, verkündete Tim nach etwa einer Stunde.«

»Dann lass hören!«, forderte die Moorhexe den Kater auf. Sie freute sich schon, dass er ihr bald Gesellschaft leisten würde.

Tim räusperte sich kurz und begann:

»Gleich hinter dem Dorf, im tiefen Wald,
steht eine Hütte, ziemlich alt.
Ein Weiblein davor, auf einer Bank sie sitzt,
auf einen krummen Stock gestützt.
Nie zuvor ich solch ein Wesen erblickt,
ihr Anblick mir die Worte in der Kehle erstickt.

Ihr langes Haar, halb unter einem Tuch versteckt,
meine Neugierde erweckt.
Fasziniert betrachte ich die Gestalt,
ja, sie ist schon ganz schön alt.
In ihrer Jugend war sie bestimmt wunderschön,
das kann man, mit etwas Fantasie, heute noch sehen.
In ihren Augen funkelt ein Licht,
als ob Mondenschein sich darinnen bricht.
Der breite Mund, die vollen Lippen,
luden die Männer einst gewiss ein, diese zu küssen.
Auch ihre Nase, imposant und mit Bedacht
zum erschnuppern feinster Düfte ward sie gemacht.
Das Weiblein umhüllte ein Zauber voller Magie,
auch so etwas sah ich zuvor noch nie.
Ich wünschte, unsere Bekanntschaft würde von Dauer sein,
dann wäre sie hier im Wald nicht mehr so allein.«

Als Tim seinen Kopf hob, um die Hexe anzusehen, blickte er in ein tränenüberströmtes Gesicht und in ihren Augen lag eine solch abgrundtiefe Traurigkeit, die Tim bis ins Mark erschütterte. Endlich brach die Alte das Schweigen und sah Tim an. »Lieber kleiner Kater«, begann sie. »Das war das Schönste, was ich je gehört habe! Du hast meine Hässlichkeit so vortrefflich umschrieben, dass ich mich fast schön finde. Du musst wissen, dass ich nicht immer eine Hexe war. Einst lebte ich auf einem großen Gutshof und stand kurz vor der Hochzeit mit meinem Geliebten. Eines Tages ging ich ins Moor, um ein gewisses Kraut zu suchen. So gelangte ich zu dieser Hütte. Ohne lange zu fackeln verzauberte mich die alte Hexe, die hier wohnte. Seither friste ich an diesem Ort mein einsames Dasein und habe jegliche Hoffnung aufgegeben, dass mein Liebster mich hier findet und durch einen Kuss erlöst.« Das Weiblein stand auf und ging in die Hütte. Als sie wieder heraustrat, hielt sie ein kleines Sträußchen des Krautes der Erinnerungen in der Hand. Die kleinen gelben Blüten, verströmten einen unglaublichen Duft. »Hier nimm«, sagte die Hexe und legte Tim das Kraut vor die Pfoten.

»Wieso bist du nicht von hier fortgegangen?«, fragte der Kater.

»Weil die gemeine Hexe damals einen Bannkreis um das Haus und die Wiese gezogen hat. Und außerdem: So wie ich aussehe, hätte ich doch niemandem gegenübertreten können. Erst recht nicht meinem Liebsten.«

Nun, was das anging musste Tim ihr recht geben. »Wie lange ist das her?«

»Zwei Jahre!«

»Wie ist denn dein Name?«

»Beatrice.«

»Und wie heißt dein Verlobter?«, fragte er. Die Geschichte der Hexe hatte ihn erschüttert. Vielleicht gelang es ihm ja, den Mann aufzuspüren.

»Sein Name ist Berthold. Berthold Benthin. Aber wozu willst du das wissen?«

»Ach, nur so.« Er wollte nichts versprechen, was er vielleicht nicht würde halten können.

»Jetzt musst du gehen«, sagte die Alte. »Es beginnt bereits dunkel zu werden und in der Dunkelheit ist es gefährlich durchs Moor zu gehen. Gib gut auf dich acht und hab vielen Dank für das schöne Gedicht. Leb nun wohl!«

»Ich danke dir für das Kraut und … auf Wiedersehen, Beatrice!« Behutsam nahm Tim das kleine Bündel in sein Mäulchen und eilte davon.

Joachim erwartete ihn schon voller Sorge. »Wie ich sehe, war deine Mission erfolgreich«, begrüßte er Tim erleichtert und nahm ihm das Kraut mit den kleinen gelben Blüten ab. Er war froh, seinen pelzigen Freund wohlbehalten wiederzusehen. »Du kannst mir nachher alles erzählen. Jetzt sollten wir zusehen, dass wir so schnell wie möglich von hier fortkommen.«

Gerade rechtzeitig zum Einbruch der Dunkelheit erreichten sie den Rand des Moores und bald darauf die Straße, die sie zur Burg führte. Joachim lauschte gespannt der Geschichte, die Tim ihm erzählte. Auch er war betroffen, über das Schicksal des alten Weibleins. Sobald sie Tims Urahnen erlöst hatten, würde er sich auf die Suche nach Berthold Benthin machen. So häufig würde es diesen Namen hier ja wohl nicht geben und es müsste nicht mit rechten Dingen zugehen, wenn seine Suche erfolglos verlaufen würde.

Das Ende eines Geisterdaseins

»Es ist mir ein Rätsel, dass Tim so weit gelaufen ist, um ausgerechnet bei dir Unterschlupf zu finden; und dass er dich dann auch noch zu mir geführt hat, ist schon unglaublich. Ich hatte ihn über viele Tage hinweg gesucht. Ich vermisste ihn sehr!«

Joachim und Tim hatten es sich zusammen mit Barbara von Reichenstein im Salon gemütlich gemacht und der Kater hatte sich auf dem Schoß der Burgherrin zusammengerollt. Liebevoll kraulte diese den kleinen Heimkehrer.

»Ja, Tim ist schon ein außergewöhnlicher Schatz«, schmunzelte Joachim.

»Willst du mir vielleicht endlich mal verraten, wo ihr euch immer herumtreibt und was es mit den ominösen Briefumschlägen auf sich hat?«

»Gedulde dich bitte noch zwei Tage. Dann wirst du die unglaublichste Geschichte deines Lebens zu hören bekommen. Jetzt nur so viel: Wir erleben hier jeden Tag fantastische Abenteuer!«

»Du weißt, dass ich vor Neugierde fast platze?«, lachte Barbara. »Aber gut. Ich werde mich weiterhin in Geduld fassen, aber wehe, du lässt mich länger als diese zwei Tage zappeln«, drohte sie ihrem Gast.

»So, Timotheus Falo«, grinste Joachim, »bist du bereit für deine letzte Aufgabe?«

»Wieso nennst du mich bei meinem vollen Namen?«, murrte Tim.

»Weil ich dich ein wenig necken will.«

»Blödes Spiel!«

»Na gut, ich entschuldige mich. Also, was meinst du. Was könnten die Lieblingsblumen der Gräfin Gabriela gewesen sein?«

»Woher soll ich das wissen? Wir müssen uns halt etwas umschauen.«

Unternehmungslustig nahmen sie sich als erstes die Ahnengalerie derer von Reichenstein vor. Doch so sehr sie sich auch bemühten, auf keinem einzigen der Bilder konnten sie einen Hinweis finden. Dabei hielten doch die hochherrschaftlichen Personen, die Joachim auf alten Gemälden gesehen hatte, stets etwas in der Hand oder auf dem Schoß. Zumeist waren es Dinge, an denen ihr Herz besonders hing. Dabei handelte es sich meist um Hunde, Katzen, Bücher oder Schwerter. Doch auf keinem der Gemälde war etwas von Blumen zu sehen.

»Versuchen wir es mal in Gabrielas Zimmer«, schlug Joachim vor. Doch nachdem sie auch dort zwei Stunden vergeblich herumgestöbert und das Unterste zu Oberst gekrempelt hatten, gaben sie auf. Ärgerlicherweise ließ Augustus sich auch nicht auftreiben. Wenn man schon mal einen Geist brauchte…!

Langsam wurden die beiden Freunde nervös. Das, was sie als das Einfachste eingestuft hatten, erwies sich als das Schwierigste. Mit mürrischen Gesichtern gingen sie in den Salon.

»Was ist euch beiden denn für eine Laus in den Pelz gekrochen?«, erkundigte Barbara sich, als sie sah, dass ihre beiden Lieblingsgäste grübelnd vor sich hin starrten.

»Wir suchen etwas«, gab Joachim nur knapp Auskunft.

»Oh, habt ihr etwas verloren? Kann ich euch suchen helfen?«

»Nein, leider nicht. Es ist etwas … komplizierter.«

»Tja, dann.« Verstimmt wandte die Burgherrin sich ab. Da kam Joachim eine Idee: »Was sind deine Lieblingsblumen?«, fragte er Barbara spontan.

»Willst du mir einen Blumenstrauß kaufen?«, grinste sie.

»Nein. Das heißt ja, warum eigentlich nicht?«, lächelte Joachim. »Aber im Ernst. Welche Blumen sind dir die Liebsten?«

»Natürlich die weißen Rosen, die, die hinten bei den Gräbern wachsen. Sie sind uralt und duften einfach herrlich. Einer meiner Vorfahren hat sie einst gepfl…«

Wie elektrisiert waren Tim und Joachim aufgesprungen. Ungestüm riss Joachim Barbara in seine Arme und küsste sie. Völlig überrascht ließ diese es geschehen und erwiderte die Zärtlichkeit. Sicher, wenn sie ehrlich war, hätte sie sich den ersten Kuss dieses wunderbaren Mannes etwas romantischer vorgestellt, aber wer weiß, vielleicht würden ja noch weitere Küsse folgen. »Was ist denn los?«, fragte sie, als Joachim sie wieder losließ.

»Das erzähle ich dir später«, strahlte der Journalist. »Wo genau stehen die Rosen?«

»Im hinteren Teil des Gartens, an dem eisernen Zaun, welcher die Ruhestätten begrenzt.«

Als sei plötzlich ein Schwarm Bienen hinter ihnen her, stürzten Tim und Joachim zur Tür hinaus. Kopfschüttelnd sah Barbara ihnen hinterher.

Wie nicht anders zu erwarten, erreichte Tim als Erster die Umzäunung. Enttäuscht sah er zu dem gewaltigen Busch hinauf. Die Blüten waren für ihn unerreichbar hoch und nicht ein Blättchen lag auf der Erde. Unglücklich blickte er Joachim an, als dieser endlich, etwas atemlos, auftauchte. »Schau nicht so traurig. Ich werde dir eine Rose pflücken.«

»Nein! Du weißt doch, dass *ich* es tun muss«, rief der Kater entsetzt.

»Gut, dann hebe ich dich hoch und du angelst dir eine.«

Mit Hilfe seines Freundes reichte Tim nun an die duftenden Rosen heran. Ganz behutsam schloss er sein Mäulchen um eine der Blüten und zupfte diese ab. Joachim stellte ihn wieder auf den Boden und verstaute die Blume in seiner Jackentasche. »So, das hätten wir geschafft«, freute er sich. »Du hast alle Aufgaben erfüllt. Ich bin sehr stolz auf dich.«

Schnurrend strich Tim um seine Beine.

Auf dem Weg zurück in die Burg packte Joachim sich noch ein paar Holzscheite, die an der Mauer aufgeschichtet waren, unter seinen Arm. Noch etwas Reisig und er würde ein herrliches Feuer in dem alten Kamin entfachen. Doch eines fehlte noch.

»Hast du einen kleinen Topf? Am besten einen aus Eisen«, fragte er Barbara, die in der Küche stand und erschreckt herumfuhr. »Ach ja, und ich brauche die Umschläge, die ich dir zur Verwahrung gegeben habe.«

Barbara öffnete den Tresor und gab Joachim das Gewünschte. Sie hatte die Stirn in Falten gelegt und murmelte: »Einen eisernen Topf brauchst du? Lass mich mal überlegen. Ja, unten im Keller habe ich einen. Komm mit, dann gebe ich ihn dir. Und ich werde auch nicht fragen, was du damit vorhast«, grinste sie.

Im Keller herrschte ein unglaubliches Durcheinander, so dauerte es eine Weile, bis sie den Topf gefunden hatten.

»Entschuldige das Chaos. Ich bin schon lange nicht hier unten gewesen. Ich sollte wohl mal ein wenig aufräumen.«

Joachim griff nach dem Topf und sauste die Treppe wieder hinauf. »Danke! Du bekommst ihn nachher zurück!« rief er ihr noch zu. Und eilte zu seinem Zimmer.

Tim wartete bereits ungeduldig. »Wo bleibst du denn so lange?«, murrte er.

»Ich musste erst diesen hier besorgen«, antwortete Joachim und schwenkte den alten Topf an dessen Henkel. Dann nahm er den großen Spiegel ab und sie betraten das nebenangelegene Zimmer durch die Geheimtür.

Augustus lag auf seinem Sessel und blickte ihnen erwartungsvoll entgegen. »Nun Timotheus Falo, bist du gekommen, um mir zu gestehen, dass auch du versagt hast?«, fragte der Geist mit müder Stimme.

»Nein, lieber Urahn, Augustus. Ich habe alle Aufgaben erfüllt!«

Der Geisterkater stieß einen überraschten Schrei aus und schwebte von seinem Sessel. »Ist das wahr? Ist das wirklich und wahrhaftig wahr? Ich habe schon nicht mehr daran zu glauben gewagt. Du bist ein Teufelskater!« Die Freude des Geistes war unbeschreiblich.

»Sieh her, Urgroßvater«, forderte der Kater das Körperlose Wesen auf.

Joachim hatte die Umschläge geöffnet und alle Errungenschaften auf dem Tisch ausgebreitet.

»Die Haare aus dem Barte des Herrn der Berge! Und gleich zwei davon!«, staunte er. Nach und nach bewunderte er die Schätze

»Was machen wir jetzt mit den Dingen?«, fragte Tim.

»Wir müssen ein Feuer machen und alles in den Topf geben. Diesen müsst ihr an der Kette befestigen, die von oben herabhängt. Er muss direkt über dem Feuer hängen. Ich werde dann darüber schweben und mich mit dem Dampf vereinen. Das ist alles. Dann bin ich erlöst und kann endlich meiner geliebten Herrin folgen.«

Während Joachim ein Feuer entzündete, musste Tim seinem Urahnen von seinen Abenteuern berichten. Während er das tat, schob er alle Zutaten in den eisernen Topf, den Joachim auf die Seite gelegt hatte, damit es für Tim einfacher war.

»Aber ohne die großartige Unterstützung meines Menschenfreundes hätte ich das alles nicht geschafft«, sagte Tim zum Schluss.

»Ich danke dir, dass du meinem Urenkel so selbstlos geholfen hast«, wandte Augustus sich an Joachim.

»Ich habe es wirklich gerne gemacht. Er ist ein so lieber, und vor allem ungewöhnlicher, Kater.«

»Ich möchte euch danken, dass ihr mich jetzt erlöst. Seht die Kommode dort«, der Geist deutete auf ein bestimmtes Möbelstück. »Sie hat einen doppelten Boden. Wenn ihr die Wäsche herausnehmt, drückt kräftig auf die vorderen Ecken des Brettes. Dann öffnet sich das Geheimfach, in dem Gabriela ihren Schmuck und andere Reichtümer verwahrt hat. Es soll alles euch gehören. Doch nun lasst mich gehen. Lebt wohl und lasst es euch gut ergehen!« Das sollten Augustus´ letzten Worte sein. Er schwebte über dem brodelnden Inhalt des Topfes, winkte noch einmal und löste sich dann langsam in den Dunstschwaden auf.

»Ein bisschen traurig bin ich ja schon, dass die Abenteuer vorbei sind und dieses Zimmer keinen Geist mehr beherbergt«, maunzte Tim leise.

»Gönn ihm seinen Frieden. Er hat lange genug gelitten, meinst du nicht auch?«

»Du hast recht. Lass uns mal nachschauen, was sich in dem Geheimfach der Truhe befindet.«

Der Schatz von Burg Hohenfels

Gemeinsam öffneten Joachim und Tim die Truhe und stießen ein überraschtes »Oh!« aus. Zum Vorschein kamen unzählige, fein bestickte Tischdecken, Bettwäsche und mit Spitzen besetzte Nachthemden, alles mit dem Wappen derer von Reichenstein verziert. »Das muss unglaublich viel Arbeit gemacht haben«, bemerkte Joachim. Als der Boden der Wäschetruhe endlich zum Vorschein kam, betätigte er den Mechanismus, der das Geheimfach öffnete, so wie Augustus es gesagt hatte. Gespannt, was dieses enthielt, beugten sie sich vor und starrten überwältigt auf den Inhalt. Edle Halsketten, Ringe, Diademe und Unmengen von Perlen und Goldstücke funkelten um die Wette.

»Das müssen wir unbedingt Barbara zeigen, oder was meinst du?«

»Ja, obwohl Augustus uns beiden den Inhalt zugedacht hat, gehört er ja eigentlich ihr. Außerdem wüsste ich nicht, zu welcher Gelegenheit ich das Geschmeide tragen sollte«, grinste Tim. »Aber vielleicht gibt sie uns ja ein paar der Goldstücke ab«, fügte er hinzu. Joachim verschloss die Truhe wieder und die beiden gingen die Treppe hinab, um die Burgherrin zu suchen. Endlich fanden sie sie im Keller. Eine dicke Spinnwebe verzierte ihr Haar und ihre Kleidung trug eine dünne Staubschicht.

»Barbara?«, sprach Joachim sie an.

»Was brauchst du denn jetzt schon wieder?«, stöhnte sie.

»Nichts«, grinste Joachim. »Hast du trotzdem einen Moment Zeit?«

»Eigentlich nicht. Du siehst ja, womit ich beschäftigt bin.«

»Es wäre aber furchtbar wichtig. Es dauert auch nicht lange. Wir wollen dir nur etwas zeigen.«

Seufzend wischte die Frau sich ihre schmutzigen Hände an ihrer Jeans ab. »Also gut. Wenn es nicht zu lange dauert.«

Still vor sich hin lächeln stieg Joachim die Treppe wieder hinauf, den Kater dicht auf den Fersen. Als sie ihr Zimmer betraten, wandte er sich Barbara zu. »Nachher werde ich dir, wie versprochen, erzählen, was Tim und ich in den vergangenen Tagen erlebt haben. Als Belohnung für unsere gute Tat haben wir etwas ganz Besonderes erhalten. Komm!«

Verblüfft sah Barbara auf den abgehängten Spiegel und die geöffnete Geheimtür. »Ich wusste gar nicht, dass es eine Verbindung zwischen den beiden Räumen gibt.«

»Wenn dich das schon in Erstaunen versetzt, warte mal ab«, schmunzelte Joachim.

Die drei betraten das Nebenzimmer und Joachim führte Barbara zu der Wäschetruhe.

»Sie ist wunderschön, aber ich kenne sie bereits.«

»Auch ihren Inhalt?«

»Du meinst die Wäsche, die ihr auf dem Bett ausgebreitet habt?«

»Nicht ganz. Schau genau her.«

Joachim öffnete das Geheimfach und der Schatz erstrahlte in seiner vollendeten Pracht.

Einen erstickten Schrei ausstoßend fiel Barbara in Ohnmacht. Joachim konnte sie gerade noch auffangen und bettete sie auf den dicken Bettvorleger. Während er in das Nebenzimmer lief, um ein Glas Wasser zu holen, leckte Tim ihr über das Gesicht. Zum Glück dauerte die Ohnmacht nicht lange an. Joachim kniete sich neben Barbara und stützte ihren Kopf, während sie trank. »Habe ich das eben wirklich gesehen, oder hat meine Fantasie mir einen Streich gespielt?«, murmelte sie.

»Nein, du hast tatsächlich einen Schatz gesehen. Den Schatz derer von Reichenstein. Das alles gehört dir! Wenn du dich kräftig genug fühlst, schau ihn dir an.«

Joachim half ihr auf und zögernd ging Barbara zu der Truhe. Sie kniete sich davor hin und warf erneut einen Blick hinein. Kleine Begeisterungsschreie ausstoßend nahm sie ein Schmuckstück nach dem anderen in die Hand und ließ die Goldmünzen durch ihre Finger gleiten. »Wie um alles in der Welt habt ihr dieses Geheimfach und die lang verschollenen Kostbarkeiten gefunden? Sie sind ein Vermögen wert!«

»Lass uns in den Salon gehen. Ich glaube du brauchst jetzt erst einmal etwas Stärkeres als Wasser. Dann erzähle ich dir alles«, entschied Joachim. Er verschloss die Truhe wieder und führte Barbara, die immer noch völlig benommen war, die Treppe hinunter. Im Salon setzte er sie in einen Sessel und schenkte ihr einen Cognac ein.

»Bist du bereit dir die unglaublichste Geschichte deines Lebens anzuhören?«, fragte er, nachdem er sich ebenfalls gesetzt hatte.

Tim war auf Barbaras Schoß gesprungen und schnurrte sie an.

Barbara nickte und Joachim begann von den spannenden Ereignissen der vergangenen Tage zu erzählen.

Teils ungläubig, teils hingerissen und fasziniert, mit geröteten Wangen, lauschte die Burgherrin den Ausführungen. Als Joachim geendet hatte, stieß Barbara einen tiefen Seufzer aus. »Wenn ich euch mittlerweile nicht so gut kennen würde, würde ich meinen, dass ihr mir einen gewaltigen Bären aufbindet. Aber wenn ich wiederum in eure zufriedenen Gesichter sehe … Und das ist wirklich alles so geschehen?«, fragte sie dennoch etwas skeptisch.

»Das alles hat sich genau so zugetragen, wie ich es dir erzählt habe«, bekräftigte Joachim und Tim maunzte vergnügt. »Außerdem: Ist der Schatz nicht Beweis genug?«

»Das ist in der Tat unglaublich! Du bist doch Journalist, willst du nicht eine Story daraus machen?«

»Es wäre schon verlockend, aber nein! Erstens würde uns niemand glauben und zweitens haben wir zu vielen Wesen versprochen, sie nicht zu verraten.«

»Aber Beatrice, der Moorhexe, werdet ihr doch helfen, oder?«

»Das werden wir! So viele Berthold Benthins wird es hier ja nicht geben.«

»Das stimmt. Ich kenne ihn sogar«, schmunzelte Barbara.

»Das ist ja ein fantastischer Zufall«, freute Joachim sich; und auch Tim geriet ganz aus dem Häuschen.

»Wo finden wir ihn?«

»Er ist der Arzt in unserem Städtchen. Ihr findet ihn in seiner Praxis am Marktplatz.«

Joachim und Tim zögerten nicht und machten sich gleich auf den Weg.

»Herr Doktor Benthin«, begann der Journalist nach der Begrüßung. »Sie kennen mich nicht und mir fehlt auch nichts, aber ich weiß, wo Beatrice sich aufhält. Es ist nicht weit von hier.«

Mit müdem Lächeln und traurigen Augen sah der gutaussehende Arzt seinen Besucher an. »Wie Sie schon sagten, wir kennen uns nicht. Warum treiben sie einen so gemeinen Scherz mit mir?«

»Es ist kein Scherz. Fragen Sie Frau von Reichenstein, die kann es Ihnen bestätigen!«

»Barbara? Auch sie weiß, wo Beatrice sich aufhält? Ich habe doch die ganze Gegend nach ihr abgesucht.«

»Barbara weiß es erst seit einer Stunde. Kommen Sie. Unterwegs erzähle ich Ihnen alles.«

Obwohl Berthold noch immer nicht restlos überzeugt war, zog er seinen Kittel aus. »Sagen Sie all meine Patienten für heute ab«, wies er seine Sprechstundenhilfe an. »Ich muss zu einem Notfall«, erklärte er kurz. »Sie und ihr Kater sind zu Fuß gekommen? Dann lassen Sie uns meinen Wagen nehmen.«

Auf dem Weg zum Moor erzählte Joachim dem Mediziner die Geschichte der Moorhexe. Ungläubig seinen Kopf schüttelnd hörte Dr. Benthin dem Journalisten zu. Die Geschichte, die er zu hören bekommen hatte, war schier unglaublich, doch er klammerte sich seit zwei Jahren an jeden Strohhalm; und was wäre, wenn das Gehörte tatsächlich wahr wäre?

Am Waldrand angekommen, stiegen sie aus dem Wagen. Gemeinsam stiefelten sie durch das tückische Moor, wohl bedacht darauf, nicht von dem sicheren Weg abzukommen. Nur Tim lief fröhlich voran.

Bevor sie sich dem alten Haus näherten, wies Joachim noch einmal auf die Hässlichkeit der Hexe hin, und dass diese nur durch einen Kuss erlöst werden könne.

Mit unsicheren Schritten näherte Berthold sich der alten Hütte. Auf einer Bank vor der Kate sah er ein altes Weiblein sitzen. Das sollte seine bezaubernde Beatrice sein? Er zögerte kurz. Sollte er doch lieber umkehren? Doch was, wenn sie es tatsächlich wäre? Er hatte nichts zu verlieren, also schritt er entschlossen auf die Alte zu. »Bist du meine geliebte Beatrice, die vor zwei Jahren spurlos verschwand?«, fragte er statt einer Begrüßung.

Die Moorhexe nickte. Da zog Berthold sie in die Arme und küsste sie zärtlich auf den Mund. Als er sich wieder von ihr löste, wurde die Alte in einen glitzernden Nebel getaucht und einen Augenblick später tauchte aus dem Dunst eine wunderschöne junge Frau auf.

»Beatrice! Meine Liebste!«, rief Berthold überglücklich und schloss sie erneut in seine Arme.

Tränen rannen der Erlösten über das Gesicht. »Das haben wir nur dem kleinen Kater zu verdanken, der dort kommt«, rief sie fröhlich und wischte sich die Tränen fort. Sie lief auf Tim zu und nahm ihn auf den Arm. »Danke, mein pelziger Freund, vielen Dank, dass du mir meinen Liebsten gebracht hast.«

Um die Wiedersehensfreude der beiden jungen Menschen nicht zu stören, begaben Joachim und Tim sich auf den Rückweg.

»Was fange ich denn jetzt mit den ganzen Juwelen an?«, überlegte Barbara von Reichenstein nachdenklich.

»Du kannst sie ja erst einmal in ihrem Versteck belassen, bis dir etwas eingefallen ist«, schlug Joachim vor.

»Ja, so kann ich mich, wann immer ich will, daran erfreuen. Aber ein paar Goldstücke möchte ich euch schon geben. Schließlich wart ihr es, die den Schatz gefunden habt.«

Zukunftspläne

Während des gemeinsamen Frühstücks am folgenden Morgen schlug Barbara Joachim vergnügt vor: »Was hältst du davon, wenn ich dir die Burg zeige; und damit meine ich nicht den Teil, der nur für Gäste bestimmt ist.«

Joachim war sofort einverstanden. »Du kennst sie bestimmt in- und auswendig, was?« wandte er sich an Tim. Dieser gab ein bestätigendes Schnurren von sich und sprang auf einen der Sessel, wo er sich gemütlich zusammenrollte. Es ging doch nichts über ein Verdauungsschläfchen.

»Im Übrigen bist du ja ziemlich clever«, feixte Barbara und deutete auf Joachims Hose. Diese hatte den gleichen Farbton wie Tims Fell.

Auch er schmunzelte. »Ja, da sieht man die Haare nicht gleich, die der Kater auf einem hinterlässt.«

»Das habe ich mir gedacht! Aber jetzt komm.« Gemeinsam machten sie sich auf den Weg durch das alte Gemäuer. Joachim war begeistert von den Türmchen, dem riesigen Dachboden, auf dem er gerne ein wenig herumgestöbert hätte, und den geschmackvoll eingerichteten Zimmern. Das Badezimmer, mit der im Boden eingelassenen, riesigen Badewanne, lud zum plantschen für zwei ein.

»Das Beste habe ich mir bis zum Schluss aufgehoben«, lächelte Barbara verschmitzt und öffnete eine weitere der schweren, Holztüren. Was dahinter zum Vorschein kam, verschlug Joachim die Sprache. Wie in Trance betrat er den Raum. Es handelte sich dabei um die Bibliothek der Burg. Überwältigt von den deckenhohen Regalen, die bis auf die kleinste Lücke mit Büchern bestückt waren, verschlug es ihm die Sprache. Wahllos griff er nach einem, in Leder gebundenes Buch und schlug es behutsam auf. Er las kurz darin und stellte es vorsichtig wieder zurück. Das widerholte er einige Male. Endlich fand er seine Sprache wieder. »Weißt du, was du hier für unbezahlbare Schätze hast? Da bräuchte ich ja Jahre, um sie alle zu lesen, brachte er endlich hervor.«

»Ja, darüber bin ich mir im Klaren. Wenn du willst, kannst du gleich mit der Lektüre anfangen.«

»Das muss ich leider auf später verschieben«, bedauerte der Journalist. »Tim und ich müssen noch etwas erledigen.«

»Ich dachte, eure Mission sei beendet?«

»Nicht ganz. Wir müssen noch einmal ins Riesengebirge, um Rübezahl von Tims Abenteuern zu berichten. Wir haben es ihm versprochen.«

»Das Versprechen müsst ihr natürlich halten. Schade, dass ich euch nicht begleiten kann. Wollt ihr heute noch los?«

Joachim sah auf seine Uhr. »Jetzt haben wir es kurz vor zehn Uhr. Wenn wir uns beeilen, können wir es noch gut schaffen.«

»Ich packe euch rasch etwas Proviant ein«, sagte Barbara und verschwand in der Küche.

Eine Viertelstunde später waren Tim und Joachim bereits unterwegs. Fröhlich die Lieder aus dem Autoradio mitträllernd verging die Fahrt wie im Flug. Sie parkten an der gleichen Stelle, wie ein paar Tage zuvor und wanderten auf dem schmalen Pfad bergan, der sie ins Gebirge führte. Dieses Mal brauchten sie den Herrn der Berge nur zwei Mal zu rufen. Wie aus dem Nichts tauchte Rübezahl urplötzlich vor ihnen auf.

»Wie schön, dass ihr euer Versprechen haltet, mich noch einmal aufzusuchen«, begrüßte er sie. »Ich gehe davon aus, dass deine Mission von Erfolg gekrönt war, Tim?«

»Ja, Herr der Berge. Wir sind gekommen, um dir von meinen Abenteuern zu berichten.«

»Ich werde dir gespannt lauschen.«

Sie setzten sich wieder auf die Wiese und der Kater begann mit der Erzählung seiner Erlebnisse. Es dauerte geraume Zeit, bis er alles erzählt hatte. Rübezahl hatte der spannenden Geschichte fasziniert zugehört. »Ich wusste, dass du ein ganz besonderer Kater bist und war überzeugt, dass dir dein Unterfangen gelingen würde. Habt Dank, dass ihr noch einmal zu mir gekommen seid. Doch nun müsst ihr gehen, es beginnt schon zu dunkeln. Da ist es gefährlich, den steilen Weg hinab zu gehen. Ich wünsche euch ein langes, glückliches Leben und hoffe, dass wir uns irgendwann einmal wiedersehen.« Im nächsten Augenblick war der Herr der Berge verschwunden.

»Er ist schon ein feiner Berggeist«, befand Joachim. »Aber jetzt ab nach Hause!«

Die Rückfahrt verlief ziemlich schweigsam. Jeder hing seinen Gedanken nach. Plötzlich fiel Joachim etwas ein. »Sag mal, Tim, erinnerst du dich daran, als wir bei Anton waren, und du mir sagtest, dass er ein *Lesekater* sei? Wann erzählst du mir, was du für einer bist?«

Tim setzte sich auf. »Ich gehöre zu den ganz Alten.«

Joachim lachte. »Quatsch! So alt bist du doch noch gar nicht. Lass mich raten, vielleicht gerade mal zwei Jahre?«

»Das stimmt nur bedingt. In eurer Welt bin ich zwei Jahre und drei Monate, aber in unserem Katzenreich ist das anders. Da habe ich bereits einhundertzweiunddreißig Jahre auf dem Buckel. Das ist selbst für dort, auf den Goldenen Wiesen, schon ganz beachtlich. Ich habe bereits vier Leben hinter mir. Zudem verfüge ich über zahlreiche Fähigkeiten. Einige davon kennst du ja bereits. Daher wurde mir der Grad eines *Alten* verliehen.«

»Und was bedeutet das jetzt genau?«, Joachim war irritiert.

»Nun, hier wäre ich so etwas wie ein Gelehrter oder Weiser. Mein Stand wäre der eines Königs hierzulande.«

»Nicht noch jemand von blauem Geblüt«, stöhnte Joachim mit einem Augenzwinkern. »Ich komme mir ja schon richtig minderwertig vor. Aber im Ernst: Ich bin mehr als beeindruckt und sehr stolz darauf, dass du mich als deinen Vertrauten ausgewählt hast. Erzählst du mir bald mal von deinem Reich und den Goldenen Wiesen?«

»Das mache ich gerne.« Nach einer Weile sah Tim seinen Menschenfreund unsicher an. »Sag mal Jo, haben wir vor nach Burg Hohenfels umzusiedeln?«

»Ehrlich gesagt spiele ich mit dem Gedanken«, gab Joachim zu. »Würde dir das gefallen?«

»Ja, das wäre schön, aber … es würde sich noch jemand außerordentlich darüber freuen«, druckste der Kater etwas herum.

»So? Wer denn?«

»Anton!«

»Wieso? Gefällt es ihm bei den Stockmanns nicht? Behandeln sie ihn nicht gut?«

»Doch schon, aber … sie haben nur so wenige Bücher und als Lesekater ist er deshalb ziemlich traurig und unzufrieden. Du hast ja die Bibliothek der Burg gesehen, das wäre ein Paradies für ihn! Also, falls wir umziehen … meinst du dass es möglich wäre ihn mitzunehmen? Außerdem hätte ich dann einen Spielkameraden.«

»Natürlich müssen wir erst Barbara fragen, aber wenn seine Besitzer ebenfalls einverstanden sind und er es auch gerne möchte, sehe ich keinen Grund ihn nicht mitzunehmen. Aber sei nicht zu sehr enttäuscht, wenn er vor lauter lesen keine Zeit zum Spielen haben wird«, lachte Joachim.

»Müsst ihr wirklich schon abreisen?«, traurig sah Barbara Joachim an und streichelte Tims seidiges hellbraunes Fell. »Und du? Willst du nicht wenigstens bei mir bleiben?«

Tim maunzte kurz und schmiegte seinen Kopf in ihre Handfläche.

»Vielleicht sind wir schneller wieder hier, als du dir vorstellen kannst«, tröstete Joachim sie. Die beiden hatten sich unsterblich ineinander verliebt, und dieses Gefühl, auch wenn es noch so stark war, sollte nicht an der räumlichen Trennung zerbrechen. Daher hatte er bereits mit seinem Chef telefoniert, um ihn davon zu überzeugen, dass er seinem Beruf auch hier, auf Burg Hohenfels, nachgehen könnte. Doch bevor nicht alles unter Dach und Fach war, wollte er es seiner Liebsten nicht verraten, es sollte schließlich eine Überraschung sein. Und dann würde er ihr auch noch schonend beibringen müssen, dass der Kater sich leidenschaftlich gerne mit Computern beschäftigte. Als

Joachim sich Barbaras Gesicht vorstellte, wenn er ihr dies erzählte, konnte er sich das Lachen nicht verkneifen.

Fragend sah Barbara ihn an, doch statt einer Erklärung zog er sie in seine Arme und küsste sie. Dann stiegen Tim und er in den Wagen. »Bis bald, Frau Gräfin«, grinste er und winkte zum Abschied. Sie waren bereits eine gute Strecke gefahren, als Joachim sich dem Kater zuwandte: »Wirst du auch mit ihr sprechen, so wie mit mir, wenn wir auf der Burg eingezogen sind?«

»Ich denke, dass ich es tun werde. Sie ist schließlich meine zukünftige Herrin.« Dann kicherte er. »Aber das mit dem Sprechen bringen wir ihr ganz behutsam bei, ja?«

Wenn ein Stern vom Himmel fällt

Bereits zwei Wochen später betrat Joachim, in Begleitung der beiden Kater, erneut die Burg.
Stockmanns hatten sich dazu bereit erklärt, dass ihr Anton von nun an ein neues Zuhause haben würde. Sie waren beruflich doch sehr eingespannt und versprachen, ihn bald auf Burg Hohenfels zu besuchen.
Barbara fiel aus allen Wolken, als die drei plötzlich vor ihr standen. »Warum hast du mir nicht gesagt, dass ihr kommt? Wir haben doch gestern noch miteinander telefoniert!«, fragte sie erstaunt.

»Es sollte eine Überraschung werden«, rechtfertigte Joachim sich und lachte verschmitzt.

»Na, die Überraschung ist dir gelungen! Was sagt denn dein Chef dazu, dass du schon wieder Urlaub machst?«

»Das ist alles geklärt. Von heute an werde ich von hier aus arbeiten.«

»Das ist ja großartig!« Die Burgherrin viel ihrem Freund um den Hals und küsste ihn. Nachdem sie auch die beiden Kater begrüßt und mit ausgiebigen Streicheleinheiten verwöhnt hatte, verschwand sie in der Küche um ein besonders leckeres Abendessen für alle zuzubereiten.

Tim und Anton verschwanden in den Salon.
Joachim wollte Barbara von Tims Fähigkeiten erzählen und folgte ihr in die Küche. Während er

noch überlegte wie er am besten beginnen sollte, sah ihn die Gräfin fragend an.

»Was ist los? Hast du etwas auf dem Herzen?«

»Nun ja, ich muss dir ein Geständnis machen«, druckste er herum.

»Bist du etwa verheiratet?« Böse Blicke trafen Joachim.

»Nein! Um Himmelswillen, wie kommst du denn darauf?«

»Na, dann heraus mit der Sprache, dann kann es ja nicht schlimm sein«, lachte Barbara.

»Nun, es ist so, dass Tim kein gewöhnlicher Kater ist. Sein vollständiger Name lautet Timotheus Falo von Mauz und er kann nicht nur die Tastatur eines Computers bedienen, sondern auch sprechen.« So, nun war es heraus.

Einen kurzen Augenblick starrte Barbara ihren Liebsten verwundert an. Dann begann sie herzhaft zu lachen. »Das ist ein köstlicher Scherz«, gluckste sie schließlich und wischte sich die Lachtränen von den Wangen. »Wie bist du denn auf diese verrückte Idee gekommen?«

»Du kannst es Joachim ruhig glauben. Alles was er gesagt hat stimmt!« Tim hatte sich unbemerkt hereingeschlichen und sah nun mit treuherzigem Blick zu der Burgherrin auf.

Entgeistert starrte diese den Kater an. »Hast du tatsächlich gerade mit mir gesprochen?«, fragte sie verunsichert.

»Das habe ich. Aber ich finde, dass es Schlimmeres gibt, als sprechende Kater zu beherbergen. Du wirst dich schon noch daran gewöhnen«, grinste er.

»Und ich habe geglaubt, dass mich nichts mehr erschüttern kann«, murmelte Barbara immer noch ziemlich fassungslos und kraulte Tim zwischen seinen Ohren. »Ihr seid mir schon zwei. Das glaubt mir kein Mensch! Kann Anton auch sprechen?«, fragte sie plötzlich.

»Nein, er kann das nicht. Jedenfalls nicht so, dass ihr ihn verstehen würdet. Wenn ihr jedoch Körperkontakt zu mir herstellt, geht es«, antwortete Tim.

»Aber wieso kannst du es?«

»Das kann Joachim dir erzählen«, sagte der Kater und verschwand wieder in Richtung des Salons.

Zum Glück hatte Barbara die Tür zur Bibliothek einen Spalt breit offen gelassen, so konnte Tim seinem Freund den Raum mit den Büchern zeigen.

Überwältigt betrachtete Anton mit großen Augen die Regale. »Das ist ja ungeheuerlich! Das reinste Paradies für einen Lesekater wie mich. Vielen Dank, Tim, dass du mich mitgenommen hast. Womit fange ich denn mal an, überlegte er sogleich und war für die nächsten Stunden in das Lesen der Buchtitel versunken.«

Mittlerweile waren einige Tage vergangen und Tim strolchte missmutig durch das alte Gemäuer. Joachim hatte recht behalten. Anton war aus der

Bibliothek nur schwer herauszubekommen. Doch immer nur alleine zu spielen war auf die Dauer langweilig. Kurzentschlossen stapfte Tim in den Raum mit den Büchern. »Sag mal, Anton, soll das jetzt so weitergehen?«, knurrte er.

Erstaunt blickte Anton auf. »Was meinst du?«

»Nun, du verkriechst dich hier in diesem Zimmer und ich kann zusehen wo ich bleibe.«

»Oh, entschuldige, da habe ich gar nicht drüber nachgedacht«, gestand der Kater zerknirscht. »Es tut mir wirklich leid, aber die Bücher sind alle dermaßen faszinierend! Ich verspreche dir, dass wir morgen zusammen etwas unternehmen, einverstanden? Jetzt ist es bereits dunkel, da hat es wenig Sinn.« Um jedoch seinen guten Willen zu zeigen, forderte er seinen Freund auf: »Komm einmal her.« Gemeinsam setzten sie sich einträchtig vor das niedrige Fenster und betrachteten den grandiosen Sternenhimmel. Tim war versöhnt und ließ sich von Anton die unterschiedlichen Sternenbilder erklären. Plötzlich stutzten sie. Ein kleiner Stern sauste über das Firmament. Er kam immer näher und hielt direkt auf sie zu, bis er im nahegelegenen Wald verschwand.

»Das war doch keine Sternschnuppe«, wunderte Tim sich.

»Nein, auf gar keinen Fall!«, bestätigte Anton.

»Los komm!« Tim war aufgesprungen und stürzte zur Tür hinaus.

Die beiden Kater rannten in Richtung des Waldes. Ein sanftes Glimmen zeigte ihnen den Weg. Sie mussten nicht lange suchen. Das Leuchten wurde stärker, je näher sie der Stelle kamen, an welcher der Stern niedergegangen war. Endlich erreichten sie ihn. Vorsichtig schlichen sie sich an ihn heran.

Mit weit aufgerissenen Augen starrte der Himmelskörper sie an. »Wer seid ihr und wo bin ich«, fragte er leise.

»Du brauchst keine Angst vor uns zu haben«, beruhigte Tim das Sternchen. »Ich bin Tim und das ist mein Freund, Anton. Wir tun dir nichts. Wir haben gesehen, wie du vom Himmel gestürzt bist; du befindest dich hier im Bayerischen Wald.«

»Werdet ihr mir helfen zurück zu kehren?« Eine Träne rann dem Sternchen über das Gesicht.

»Wenn wir es können, helfen wir dir gerne, doch sag uns, wie ist dein Name?«

»Ich heiße Asteri.«

»Das ist ein schöner Name«, fand Anton. »Es ist griechisch und bedeutet Stern.«

»Das weißt du?« Der Himmelskörper war erstaunt.

Tim lachte. »Mein Freund verbringt den größten Teil seines Lebens mit lesen. Er liest alles, was ihm unter die Pfoten kommt und spricht mehrere Sprachen; sogar Griechisch und Latein.«

»Ich habe noch nie von einer Katze, Verzeihung, einem Kater gehört, der so gebildet ist.«

»Tut dir etwas weh? Und wie kam es dazu, dass du jetzt bei uns hier auf der Erde bist?«

»Nein, mir ist so weit nichts geschehen. Ich habe mit meinen Freundinnen herumgetobt. Dabei wurde ich zu übermütig und bin aus meiner himmlischen Flugbahn geraten. Bitte, ihr müsst mir helfen, nach Hause zurück zu gelangen!«

»Was können wir tun?«

»Es wird nicht einfach werden und ihr habt auch nicht viel Zeit. Ihr müsstet drei Dinge für mich erledigen.«

»Um was handelt es sich dabei?« Tim sah das Sternchen fragend an.

»Ich brauche die leuchtende Blume aus dem Tal der weißen Nebel. Ihr findet sie in einem der zahlreichen Täler im Riesengebirge.«

Das sollte zu schaffen sein, überlegte Tim. Sein Freund Rübezahl würde ihnen bestimmt helfen.

»Dann müsst ihr eine perfekte Muschel von der verwunschenen Insel beschaffen.«

»Wo ist diese Insel?«, erkundigte Anton sich.

»Sie befindet sich im Drachensee und taucht nur alle einhundert Jahre für ein paar Stunden auf. In zwei Tagen ist es wieder so weit.«

Auch in dieser Aufgabe sah Tim kein Problem. Notfalls würde er seinen Freund, den Nöck, um Hilfe bitten.

»Tja, und die dritte Aufgabe wäre: Ihr müsst mir etwas Moos beschaffen. Aber nicht irgendwelches, sondern das von dem einzigen, vollständig bemoosten Baum, den es hier, im Bayerischen Wald gibt.«

Ach du liebe Zeit! Wie sollten sie inmitten des riesigen Waldgebietes einen bestimmten Baum finden? Trotzdem verloren die beiden Kater nicht den Mut.

»Du kannst dich auf uns verlassen! Wir werden so schnell wie möglich mit der Suche beginnen.«

»Das ist lieb von euch. Aber gebt gut auf euch acht. Es könnte gefährlich werden.«

»Mach dir darüber keine Sorgen. Wir decken nun ein paar Tannenzweige über dich, damit dein Strahlen nicht irgendwelche Menschen oder Tiere anlockt.« Nachdem dies erledigt war, liefen Tim und Anton eilends nach Hause.

»Joachim! Joachim! Wach auf!«, schnurrte Tim in das Ohr seines Menschenfreundes.

»Was ist denn los?«, murmelte der Geweckte schlaftrunken. »Ist einer von euch beiden krank?«

»Nein, aber wir brauchen deine Hilfe.«

»Hat das nicht noch ein paar Stunden Zeit? Es ist gerade mal vier Uhr früh!«

»Nein, wir dürfen keine Zeit verlieren. Du musst uns ins Riesengebirge fahren.«

»Ins Riesengebirge? Ist etwas mit Rübezahl?«

»Nein, aber jetzt komm endlich. Wir erzählen dir unterwegs alles.«

»Was ist denn los?«, fragte nun auch Barbara, die durch das Geplapper aufgewacht war. Nachdem Tim ihr in groben Zügen erzählt hatte, wohin Joachim sie fahren sollte, stand sie auf.

»Ich mache euch rasch etwas Wegzehrung fertig«, sagte sie und ging in die Küche. Sie hatte den Picknickkorb gerade bestückt, als Joachim erschien. Er hatte sich beeilt, da er seinen Kater mittlerweile gut genug kannte und wusste, dass dieser sich keinen Spaß mit ihm erlaubte.

Unterwegs berichtete Tim ihm, was geschehen war. Fassungslos den Kopf schüttelnd murmelte er: »Wieso kannst du nicht ein ganz normales Katerleben führen, wie andere auch? Immer müssen es solche extremen Sachen sein, in die du gerätst.« Und an Anton gewandt: »Und dich zieht er nun auch noch mit hinein. Hättest du das geahnt, wärst du bestimmt lieber bei den Stockmanns geblieben, was?« Joachim legte seine Hand auf Tims Rücken, damit er Antons Antwort verstehen konnte.

»Ach, nein. Ich freu mich sogar auf dieses Abenteuer. Tim hatte schon recht, als er sagte, ich würde zu viel Zeit in der Bibliothek verbringen.« Der Kater grinste Joachim verschmitzt an.

Da zu dieser frühen Stunde kaum Verkehr herrschte, und Joachim tüchtig aufs Gaspedal trat, erreichten sie den mittlerweile vertrauten Parkplatz bereits nach zweieinhalb Stunden. Es wurde gerade hell, als sie den schmalen Bergpfad hinauf eilten.

Neugierig ließ Anton seine Blicke schweifen. Eine solch wundervolle Landschaft hatte er noch nie zuvor gesehen.

Als sie ihren Picknickplatz erreichten, packte Joachim den Korb aus. »Bevor wir den Berggeist rufen, sollten wir uns etwas stärken. Schließlich wissen wir nicht, wo besagtes Tal ist und wie lange es dauert, bis wir dorthin gelangen.«

Nachdem sie ihr Mahl beendet hatten, standen sie auf und Joachim rief mit lauter Stimme: »Herr der Berge, wir rufen dich!«

Dieses Mal, brauchten sie nur einmal zu rufen.

»Wie schön, euch sobald wiederzusehen!«, begrüßte Rübezahl sie; und an Anton gewandt: »Dich kenne ich noch gar nicht. Es ist sehr nett, dass du deine Freunde begleitest. Wie ist dein Name?«

Voller Bewunderung sah der Kater zu Rübezahl auf. »Ich heiße Anton und ich bin hoch erfreut, Sie kennenzulernen. Ich habe schon viel von Ihnen gehört!«

»Die Freude ist ganz auf meiner Seite«, schmunzelte der Berggeist. Dann wandte er sich wieder an Tim: »Was führt euch heute zu mir?«

Tim wusste, wie sehr Rübezahl Geschichten liebte und so erzählte er ihm ausführlich was Anton und er des nachts erlebt hatten.

Nachdenklich sah Rübezahl die drei an, als der Kater geendet hatte. »Ich kenne das Tal der weißen

Nebel. Allerdings liegt es sehr weit von hier entfernt. Außerdem ist es nicht ungefährlich dort. Das Tal wird auch *Tal der Traurigkeit* genannt. Wer nicht über einen überaus starken Willen verfügt, um die leuchtende Blume zu pflücken, verliert sich in Hoffnungslosigkeit und kehrt nie mehr von dort zurück.«

Tim schluckte, als er Rübezahls Worte vernahm. Doch er wollte dem kleinen Stern unbedingt helfen. »Wie weit ist es denn, und wie kommen wir schnellstens dorthin?«, fragte er entschlossen.

»Du bist sehr tapfer, kleiner Tim, aber das hast du ja bereits bewiesen. Das Tal liegt am anderen Ende des Riesengebirges. Mit eurem Fahrzeug braucht ihr gut drei Tage.«

Anton und Tim stöhnten auf.

»Gibt es keine schnellere Möglichkeit dorthin zu kommen?«, fragte Anton leise. »Wir haben nicht viel Zeit.«

»Die gibt es«, tröstete der Berggeist die beiden Kater, als er ihre Enttäuschung sah.

»Welche?«

»Ich werde euch dorthin bringen!« Dann sah er Joachim entschuldigend an. »Du musst leider hier bleiben. Du bist zu schwer für mich. Ich werde lediglich die Kater mitnehmen können.«

»Ist schon gut. Das verstehe ich natürlich, auch wenn ich die beiden nur höchst ungern alleine lasse.«

»Ich werde gut auf sie aufpassen«, versprach der Herr der Berge. »Dann kommt. Lasst uns keine Zeit verlieren.« Damit nahm er Anton und Tim auf seine Arme und war einen Augenblick später mit ihnen entschwunden.

Im Tal der weißen Nebel

Mit riesigen Schritten stapfte Rübezahl durch sein Reich. Er eilte mit seiner leichten Last über die Berge und durch zauberhafte Täler. Hohe Tannen vereinten sich zu tiefen, dunklen Wäldern. In ihrer Nähe brach sich schäumend ein gewaltiger Fluss die Bahn. Mit großen Augen blickten die Kater sich um. Binnen kürzester Zeit hatten sie ihr Ziel erreicht. Vor dem felsigen Eingang des Tals der weißen Nebel stoppte er und setzte die Kater ab. »Nur einer von euch kann das Tal betreten. Macht es unter euch aus, wer das sein wird«, erklärte Rübezahl ihnen. Abwartend sah er die beiden Kater an.

»Ich werde gehen«, entschied Tim. »Anton, wenn ich nicht zurückkehren sollte, sei meinen Menschen ein guter, liebevoller Kamerad.«

Anton maunzte traurig. »Ich hoffe, dass du wohlbehalten zurückkommst. Ich würde dich unsagbar vermissen. Das kannst du doch nicht wollen!?«

»Wieso? Du hast doch deine Bücher«, versuchte Tim seinen Freund zu necken, obwohl ihm nicht nach scherzen zumute war. Mit einem freundschaftlichen Nasenküsschen verabschiedeten sie sich voneinander.

»Viel Glück, Tim, und denke daran, lass dich nicht von der Traurigkeit gefangen nehmen!« Rübezahl strich dem kleinen Kater über dessen Fell. »Wir werden hier auf dich warten!«

Tim wandte sich um und verschwand durch den Eingang. Was erwartete ihn auf seinem Weg? Musste er mit Angriffen wilder Tiere rechnen oder lauerten andere Gefahren auf ihn, denen er sich stellen musste? Angespannt, eine Pfote vor die andere setzend, folgte Tim dem schmalen, gewundenen Pfad, der ihn in das Tal hinab führte. Eine gespenstische Düsternis umfing ihn und legte sich wie eine schwere Last auf seine Seele, je tiefer er kam. Als der Weg einen Bogen machte, sah er unter sich die weißen Nebel wallen. Es dauerte nicht lange und er tauchte in sie hinein. Sie umschlossen ihn, sodass er kaum eine Pfote vor der anderen sehen konnte. Von nun an verließ Tim sich ganz auf sein Gehör und die Schnurrhaare. Endlich schien er den Talboden erreicht zu haben. Er hielt inne und versuchte etwas zu erkennen. Doch die Nebel waren undurchdringlich. So ging er einfach weiter. Langsam ergriff Mutlosigkeit von ihm Besitz und er begann er zu zweifeln, ob er die Blume überhaupt finden würde. Doch sofort rief er sich zur Ordnung. Er durfte nicht aufgeben! Aber was wäre, wenn er es nicht schaffen würde? Das kleine Sternchen verließ sich auf ihn und er würde seine geliebten Menschen und Anton nicht mehr wiedersehen. Traurig ließ er seinen Schwanz hängen und eine Träne kullerte aus seinem Auge. Niedergeschlagen setzte er sich nieder und starrte trübselig vor sich hin. Nein, er durfte sich seinen freudlosen Gedanken nicht hingeben. Er musste sich an alles Schöne erinnern, das er je erlebt hatte, sprach er sich Mut zu. Das schien zu funktionieren. Er wusste nicht, wie lange er schon unterwegs war, als er plötzlich weiches Gras unter seinen Pfoten spürte. Er blieb stehen und ließ seine Blicke schweifen. Da! Nicht weit von ihm leuchtete etwas! Tim sprang auf und rannte auf das Licht zu. Doch plötzlich erschien noch ein Licht und noch eines. Im Nu war er von einem Meer leuchtender Blumen umgeben. Verunsichert blickte der Kater sich um. Ach, herrje, auch das noch. Welches war denn nun die Richtige? Nicht auszudenken, wenn er die Falsche auswählte! Hilflos ließ er sich wieder in dem Gras nieder. Er seufzte. Kurz bevor die Verzweiflung ihn übermannte, vernahm er ein feines Stimmchen. Dieses schien lediglich in seinem Kopf zu existieren, da er weit und breit niemanden sah. Die Stimme wies ihn auf eine der Blumen hin, die etwas abseits am Rande des leuchtenden Feldes stand. Tim zögerte. Sollte er das Risiko eingehen? Doch wenn er Asteri helfen wollte, war dies seine einzige Chance. Ihm würde nichts andere übrig bleiben. Zögerlich schritt er auf die Blume zu und behutsam biss er den zarten Stängel durch. Augenblicklich erlosch das Leuchten um ihn herum, nur die Blume in seinem Mäulchen leuchtete noch! Glücklich, die einzig Wahre erwischt zu haben, machte Tim sich schnurstracks auf den Rückweg. Der weiße Nebel lag dicht um ihn herum, aber das sanfte Licht der Blume wies ihm den Weg.

Müde, doch grenzenlos erleichtert durchquerte der kleine Kater die Felsspalte und trat in den strahlenden Sonnenschein. Dem Stand der Sonne nach zu urteilen musste es früher Nachmittag sein. Somit hatte er sich gut sechs Stunden in dem Tal aufgehalten.

Freudig wurde er von Anton und Rübezahl begrüßt. Letzterer nahm ihm die Blume ab und verstaute sie in der Tasche seines Gewandes. Dann nahm er flugs die beiden Kater auf den Arm und brachte sie an ihren Ausgangspunkt zurück.

Joachim wickelte die leuchtende Blume in die Picknickdecke und verstaute sie vorsichtig in dem Korb.

Unterwegs erzählte Tim, wie es ihm in dem Tal ergangen war und hoffte, dass er niemals wieder dorthin musste. Erschöpft rollte er sich auf dem Sitz zusammen und fiel in einen tiefen Schlaf.

Als sie am späten Nachmittag Burg Hohenstein erreichten, hatte Tim sich wieder erholt und so machten die beiden Kater sich auf den Weg zu dem kleinen Sternchen. Asteri freute sich, als Tim ihr die Blume in ihr Versteck schob.

»Dann hat es dir also genutzt, dass ich dir verriet, welches die Richtige ist«, strahlte sie. »Wie gut, dass du auf mich gehört hast.«

»Ich habe mir schon gedacht, dass es deine Stimme war, die mich plötzlich erreichte. Hab Dank für deine Hilfe!«

»Ich habe euch zu danken!«

Die drei plauderten noch ein wenig und dann machten die beiden Freunde sich auf den Heimweg.

»Welche Aufgabe steht heute an?«, fragte Joachim. »Wohin darf ich euch fahren?«

»Heute müssen wir zum Drachensee. Er liegt hier ganz in der Nähe«, gab Tim Auskunft.

»Gut, dann lasst uns aufbrechen. Wir sind bald zurück«, rief er Barbara zu und stieg ins Auto, wo die beiden Kater bereits auf ihn warteten.

Die geheimnisvolle Insel

Je näher sie dem See kamen, desto mehr Kraftfahrzeuge parkten zu beiden Seiten der Straße. Stellenweise war kaum noch ein Durchkommen.

»Was ist hier denn los?«, fragte Joachim. »So viele Leute sind ja noch nicht einmal im Sommer hier.«

»Ich denke, dass sie wegen der geheimnisvollen Insel hier sind. Ich habe dir doch erzählt, dass diese nur alle hundert Jahre auftaucht. Tja, und heute ist es halt so weit«, wies Tim seinen Menschenfreund auf das spektakuläre Ereignis hin.

Während Joachim sich langsam durch die verstopfte Straße schlängelte, schauten die beiden Kater zu den Fenstern hinaus. In dem Menschengewimmel entdeckten sie sogar ein Fernsehteam und zahlreiche Fotografen.

»Wir müssen unseren Plan ändern. Eigentlich wollte ich euch in einem Ruderboot zu der Insel bringen, aber das ist von hier aus unmöglich. Ich versuche es an einer anderen Stelle.«

Es war nicht einfach, einen geeigneten Platz aufzuspüren, doch dann entdeckten sie ihn.

»Das ist gut«, murmelte Anton. »Siehst du da drüben die beiden kleinen Felsen? Dort entspringt die Quelle, die den See speist. Meinst du, dass dein Freund, der Nöck, uns helfen kann?«

»Einen Versuch ist es wert. Lass uns hier bitte raus, Jo. Wir wollen es von der Quelle aus probieren.«

»Na gut. Ich komme dorthin, wenn ich den Wagen abgestellt habe.«

»Es ist gar nicht so weit bis zur Insel, wie ich gedacht habe«, freute Tim sich. Da Anton nichts dazu sagte, schaute er seinen Freund fragend an. »Ist alles in Ordnung mit dir?«

»Naja, wie man´s nimmt«, druckste Anton herum. Schließlich rückte er mit der Sprache heraus: »Ich habe dir nie gesagt, dass ich fürchterlich wasserscheu bin.« Verlegen schaute der Kater Tim an.

Der seufzte. »Auch das noch! Na, uns wird schon etwas einfallen.« Tim ging zu den Felsen und rief: »Herr der Quellen, ich rufe dich! Nöck, bist du hier?«

Einen Augenblick später erschien das kleine Männlein. »Hallo Tim, wie schön, dich zu sehen!«

»Nöck, mein Freund Anton und ich brauchen deine Hilfe.« Kurz erzählte der Kater dem Herrn der Quellen von dem verunglückten Sternchen und weshalb sie nun zu der Insel mussten.

»Ich freu mich, dir zu Diensten sein zu können. Du hast mir mit den Edelsteinen und den Tierkreiszeichen geholfen, nun helfe ich dir!«

»Wir müssen unbedingt auf die Insel. Das Problem ist jedoch, dass mein Freund große Angst vor Wasser hat. Weißt du einen Rat?«

»Ja, das ist bei Katzen häufig der Fall aber ich habe da eine Idee: Vor ein paar Tagen haben Waldarbeiter einige Bäume gefällt und entrindet. Sucht euch ein großes Stück davon aus. Darauf setzt ihr euch und ich schiebe euch sicher zu dem Eiland. Wir müssen uns aber beeilen. Die Sonne hat ihren Zenit bereits überschritten. Das heißt, dass die Insel bald wieder versinken wird!«

»Dein Plan klingt gut. Aber die Menschen, die den See umlagern, dürfen uns nicht sehen!«

»Während ich die Rinde schiebe, schwimme ich neben euch her. Dadurch seid ihr für die Schaulustigen unsichtbar.«

»Das ist hervorragend!«, freute Tim sich und auch Anton war einverstanden.

Die Rinde ward schnell gefunden und sie schoben sie zum Ufer. Die beiden Kater hatten bequem Platz darin und der Nöck schob sie ins Wasser. Es schaukelte und wippte und ab und zu schwappte etwas Wasser in das Gefährt, aber ansonsten verlief die Reise sehr angenehm und in kürzester Zeit erreichten sie die Insel.

»Ich werde hier auf euch warten, aber macht schnell!«, sagte der Nöck.

»Am besten teilen wir uns auf. Du gehst rechts herum und ich links«, schlug Anton vor. Und so machten sie es. Die Augen konzentriert auf den sandigen Boden gerichtet und unter Zuhilfenahme ihrer Schnurrhaare stapften sie über das Eiland.

Bald schon rief Anton: »Ich habe etwas gefunden!« Mit leuchtenden Augen schob er eine wunderhübsche Muschel über den Sand. Sie war makellos und in ihrem Innern schimmerte rosafarbenes Perlmutt.

»Die ist wunderschön!« Neidlos bewunderte Tim den Fund seines Freundes. »Und so groß! Bestimmt so groß wie Joachims Handteller. Komm, lass uns schnell wieder zu unserem Wasserfahrzeug laufen, damit wir hier weg kommen.«

Wie versprochen hatte der Nöck auf die Kater gewartet. Auch er bestaunte die herrliche Muschel ausgiebig. »Wenn ihr nichts dagegen habt, stecke ich sie in die Tasche meines Gewandes. Dort kann sie nicht zerbrechen und ist sicherer als auf dem harten Holz.«

Tim und Anton erklärten sich einverstanden und bestiegen die Rinde. Sie hatten bereits die Hälfte der Strecke zurückgelegt, als eine gewaltige Welle über sie hereinbrach! Sie wurden ins Wasser geschleudert und versanken unaufhaltsam in dem See. Mit vor Entsetzen weit aufgerissenen Augen versuchten die Kater das trübe Wasser zu durchdringen; und als sie atmen wollten, drang nur kühles Nass in ihre Mäulchen und Lungen. Voller Panik begannen sie zu strampeln. Gerade als sie glaubten, ihr letztes Stündlein habe geschlagen, waren auf einmal zwei starke Arme da, die sie umfingen und an die Oberfläche trugen. Keuchend und prustend schnappten sie nach Luft.

Joachim hatte beobachtet, wie sie von einer Welle emporgeschleudert wurden. Er konnte sich zwar nicht erklären, wo sie so urplötzlich herkamen, aber er zögerte nicht lange und stürzte sich ins Wasser. Als er die beiden Kater nicht mehr sehen konnte, begann er zu tauchen. Endlich hatte er Glück. Er schnappte sich die beiden und setzte sie auf seine Brust, während er in Rückenlage zum Ufer schwamm. Dort angekommen schüttelten sich die beiden Kater das Wasser aus dem Fell.

Joachim lief zum Wagen, um eine Decke zu holen.

»Ich weiß schon, wieso ich dieses ekelige Nass so verabscheue!«, murrte Anton.

»Was um alles in der Welt war das?«, fragte Tim fassungslos.

»Die Insel ist ein Stück gesunken. Dadurch hat sie das Wasser in Bewegung gesetzt und diese starken Wellen hervorgebracht. Es tut mir leid, dass ich nicht besser auf euch aufgepasst habe.« Der Herr der Quellen blickte die beiden Kater zerknirscht an. »Aber ihr hier ist nichts geschehen!« Behutsam legte er die Muschel ans Ufer. »Euer Mensch kommt jeden Augenblick zurück. Du weißt ja, Tim, dass er mich nicht sehen darf. Ich hoffe, dass ihr das Sternchen retten könnt und dass unser nächstes Zusammentreffen erfreulicher verläuft. Lebt wohl und viel Glück!«

»Hab Dank für deine Hilfe, lieber Nöck. Es war ja nicht deine Schuld, dass die Insel ein Stück versank, bevor wir Land erreichten. Leb wohl und bis bald einmal!«

Joachim kam mit einer großen Decke angelaufen, in die er die beiden Kater wickelte.

»Jo, nimm bitte auch die Muschel, die dort drüben liegt. Doch sei vorsichtig! Pass auf, dass sie nicht kaputtgeht!«, bat Tim.

Auch Joachim bewunderte die herrliche Muschel und wickelte sie behutsam in sein nasses T-Shirt. Jetzt war er doppelt froh, dass der Drachensee ganz in der Nähe von Burg Hohenfels lag. Er sehnte sich nach einer heißen Dusche und trockenen Kleidern.

Die Kater hatten sich rasch von ihrem unfreiwilligen Bad erholt. Nachdem sie ihre gutgefüllten Näpfe leergeschleckt hatten, trugen sie vorsichtig die Muschel zu ihrem Sternchen. Doch wie erschraken sie, als sie Asteri nur noch schwach leuchten sahen!

»Sternchen! Was ist mit dir?«, fragten sie erschrocken.

»Mir, und euch, bleibt nicht mehr viel Zeit«, flüsterte sie. »Habt vielen Dank für die herrliche Muschel. Ihr gebt euch so viel Mühe!« Zwei Tränchen kullerten aus ihren Augen.

»Wir werden jetzt gleich den Herrn des Waldes aufsuchen. Die Mühen dürfen nicht vergebens gewesen sein! Wir werden es schaffen dich zu retten!« Entschlossen sprang Anton auf. »Wir werden uns beeilen! Halte durch Asteri!«

Und mit großen Sprüngen hetzten Tim und Anton davon.

Der Herr der Wälder

Seite an Seite preschten die beiden Kater durch den Wald. Tim hatte seinen Freund ermahnt, alle Wurzeln zu meiden; nicht, dass er noch versehentlich auf eine der Irrwurzen trat! Immer wieder blieben sie stehen, um den Herrn der Wälder zu rufen, doch sie erhielten keine Antwort.

»Hoffentlich ist der Waldgeist überhaupt in diesem Gebiet. Der Bayerische Wald ist groß. Nicht auszudenken, wenn er sich an einer ganz anderen, weit entfernten, Stelle befindet«, wandte Anton ein.

»Das wäre eine Katastrophe! Dann gäbe es für unser Sternchen keine Rettung und alles wäre vergebens gewesen. Wir dürfen nicht aufgeben!«

Und so liefen sie weiter und weiter. In einem großen Kreis näherten sie sich ihrem Zuhause. Schon ziemlich entmutigt ließ Tim seinen Ruf erschallen.

»Irgendwie macht es ja einen riesen Spaß durch das Laub zu tollen«, keuchte Anton. »Aber es ist auch ganz schön anstrengend für einen Stubenhocker wie mich.«

»Pst! Hörst du das? Hat da nicht jemand geantwortet?« Tim rief noch einmal: »Herr der Wälder, wir rufen dich!«

»Ich bin hier!«, ertönte leise ganz in der Nähe.

Die Kater liefen auf die Stimme zu und dann sahen sie ihn. Zusammengekauert hockte ein alter

Mann vor einer Höhle. Er trug einen braunen, langen Umhang, eine grüne Hose und ein Hemd in der gleichen Farbe.

»Bist du der Herr der Wälder?«, fragte Tim.

»Der bin ich.«

»Geht es dir nicht gut? Bist du krank?«

»Ach, meine Kräfte schwinden. Ich fühle mich schwach und müde. Ich habe meine menschliche Gestalt angenommen und mich hierher geschleppt, in der Hoffnung, dass die Burgbewohner mir vielleicht helfen, aber ich habe es nur bis zu dieser Höhle geschafft.«

Verdutzt sah Tim auf und staunte. Sie befanden sich keine hundert Meter von Burg Hohenfels entfernt. »Lieber Herr der Wälder, wir brauchen dringend deine Hilfe, doch zuerst sag uns, was wir für dich tun können.«

»Nennt mich bitte *Faunus*. Ich habe zwar viele Namen, aber Faunus und Silvanus sind mir die Liebsten. Ich befürchte, dass mir nichts mehr helfen kann. Es sind so viele Jahre vergangen, die ich den Wald nun hüte, doch wer soll diese Aufgabe übernehmen, wenn ich es nicht mehr kann?«

»Ich weiß, wie wir dir helfen können, Faunus«, stieß Tim aufgeregt hervor. »Hab nur etwas Geduld.« Und an Anton gewandt sagte er: »Bleib du hier, schmiege dich an ihn und schnurre ihn in den Schlaf. Ich bin bald zurück.«

Wie ein geölter Blitz sauste Tim in die Burg. Barbara und Joachim saßen in ihrem gemütlichen Wohnzimmer bei einem Glas Wein und unterhielten sich, als der Kater hereinstürzte. »Ihr müsst sofort Beatrice anrufen!«

»Und was sollen wir ihr sagen?«, fragte Joachim erstaunt.

»Fragt sie, ob sie noch etwas von dem Kraut der ewigen Jugend hat. Wenn ja, soll sie es so schnell wie möglich hierher bringen. Wenn nicht, müssen wir eiligst welches besorgen. Es ist ungemein wichtig!«

Joachim erkannte sofort den Ernst der Lage und griff zum Telefon.

»Nein, leider habe ich nichts mehr von dem Kraut«, bedauerte sie.

»Tim braucht es aber ganz dringend! Kannst du mir erklären, wo wir es finden können?«

»Das ist unmöglich, aber … wenn Tim es braucht … sag ihm, wir treffen uns an der Schneise wo der der Wald ins Moor führt. Ich fahre sofort los. Kann dieser Kater nicht mal am helllichten Tag ins Moor wollen? Immer muss es dann sein, wenn es fast schon dunkel ist. Aber was soll´s. Bis gleich!«

Tim hatte das Gespräch mitgehört und sprang hinaus. Barbara und Joachim zogen sich schnell ihre Schuhe und Anoraks an, schnappten sich zwei Taschenlampen und rannten zum Auto. Wenig später trafen alle fast zeitgleich an dem Waldweg ein.

Während sie zügig in Richtung des Moores gingen, erzählte Tim, weswegen er das Kraut so dringend brauchte.

Zuerst war Beatrice sprachlos, als sie auch den Rest der Geschichte erfuhr. »Ich kenne niemanden, der solche Abenteuer erlebt wie du, kleiner Kater«, stieß sie schließlich hervor.

Im Gänsemarsch liefen sie über den einzig sicheren Weg, der durch das Moor führte. Um das alte Hexenhaus machten sie einen großen Bogen und Beatrice führte sie entlang des Bannkreises auf eine kleine Wiese. Dort wuchs das Kraut der ewigen Jugend und leuchtete ihnen mit seinen gelben Blüten entgegen. Rasch pflückte die ehemalige Hexe ein kleines Sträußchen und eilends begaben sie sich auf den Rückweg. Auch Beatrice hatte eine Taschenlampe mitgebracht. Sie und Joachim gingen voran und leuchteten den Weg aus. Dann folgten Tim und Barbara. Erleichtert atmeten sie auf, als sie wieder festen Waldboden unter ihren Füßen spürten.

»Wo hält sich der Herr der Wälder denn nun auf?«, wollte Joachim wissen.

»Du wirst staunen«, grinste Tim. »Gleich am Waldrand der an das Burggelände grenzt.« Dann sah er Beatrice fragend an. »Wie bereitet man denn die Kräuter zu?«

»Wir müssen aus den Blüten, und *nur* aus den Blüten einen Tee bereiten. Dieser muss fünfzehn Minuten köcheln. Dann seihen wir ihn ab. Fertig.

Es wäre gut, wenn ich eure Küche benutzen dürfte, dann ginge es am Schnellsten!?«

»Natürlich darfst du sie benutzen. Dadurch sparen wir eine Menge Zeit«, erklärte Barbara sich sofort bereit.

»Das ist gut. Ihr müsst wissen, dass ich den Herrn der Wälder gut kenne. Er hat mich oft besucht. Wenn du nichts dagegen hast, Tim, würde ich ihm gerne den Trank bringen. Mal sehen, ob er mich erkennt«, kicherte sie.

Zwanzig Minuten später war der Tee zubereitet und vorsichtig balancierte Beatrice ihn zum Waldrand. Tim lief voran und zeigte ihr den Weg.

Erstaunt blickte Faunus die hübsche junge Frau an, doch natürlich erkannte er sie nicht wieder. Erst als diese sich ihm vorstellte, erhellte ein Strahlen sein Gesicht. Während er in kleinen Schlucken den Tee trank, erzählten Tim und Beatrice ihm ihre Geschichte.

»Das ist ja unglaublich«, staunte Faunus.

»Fühlst du dich schon etwas besser?«, fragte Anton, als die Tasse geleert war.

»Ja, ein wenig. Ich merke, wie meine Kräfte langsam wiederkehren. Doch nun sagt mir, weswegen ihr nach mir gerufen habt. Wie kann ich euch helfen?«

Der sonst so wortgewandte Anton stieß hervor: »Wir suchen einen Baum!«

»So, so, ihr sucht also einen Baum. Und der soll hier im Wald stehen?« Faunus kicherte und auch Beatrice und Tim fielen in das Lachen ein. Da erst wurde Anton klar, wie unglücklich er sich ausgedrückt hatte. Verlegen korrigierte er sich: »Ja, aber nicht irgendeinen Baum. Der, den wir suchen, ist von *allen Seiten* mit Moos bewachsen! Ich weiß, dass Moos an Bäumen nur auf der westlichen oder nordwestlichen Seite wächst aber dieser Bestimmte ist vollständig von den Flechten umhüllt.«

»Du bist sehr schlau, kleiner Kater, und … ich kenne den Baum den ihr meint. Unter Eingeweihten wird er *Baum der Weisheit* genannt.«

»Ist es weit von hier und kannst du uns dorthin führen?«

»Dorthin führen kann ich euch leider nicht. Dazu fühle ich mich noch nicht stark genug. Aber ich kann euch den Weg erklären. Ihr habt Glück, es ist nicht weit von hier.«

»Wo finden wir ihn?« Anton und Tim wurden ganz zappelig. Sie hatten bereits viel Zeit verloren und machten sich große Sorgen um ihr Sternchen.

»Kennt ihr die alte Burgruine? Dort, hinter der einstigen Kapelle, werdet ihr ihn finden.«

»Das ist ganz schön weit«, überlegte Tim. »Gut drei Kilometer.«

»Ich fahre euch rasch«, bot Beatrice an.

Die Kater bedankten sich bei dem Herrn der Wälder und verabschiedeten sich.

»Habt vielen Dank für eure Hilfe. Ihr habt mir das Leben gerettet, das werde ich euch nie vergessen!«, rief Faunus den Davoneilenden hinterher. Dann kroch er in seine Höhle und legte sich auf sein weiches Lager aus Moos.

Flink liefen die Kater und Beatrice zu deren Auto und keine zehn Minuten später befanden sie sich im Burgbereich. Es stellte sich als nicht ganz einfache Aufgabe heraus, die Überreste der Kapelle zu finden. Auch Beatrice suchte mit und leuchtete mit ihrer Taschenlampe das Gelände ab. Und dann entdeckte sie ihn! Kerzengerade gewachsen und so dick, dass drei Männer ihn nur mit Mühe umfassen konnten. »Ich habe ihn gefunden! Kommt her!«, rief sie den Katern zu. Sofort stürmten die beiden heran. Als sie den Stamm hinauf leuchtete, konnte keiner von ihnen die Spitze erkennen, so hoch war er. Erschreckt zuckten sie zusammen, als plötzlich ein gespenstisches »UhuUhuhuhuuu« erklang. Das helle Licht hatte unzählige Eulen aufgeschreckt, die in den Ästen hausten. Ärgerlich schlugen sie mit ihren Flügeln und stießen auf die drei herab. Mit gesträubtem Fell brachten die Kater sich in Sicherheit. Beatrice kauerte sich auf den Boden und hielt schützend die Arme über ihren Kopf. Rasch schaltete sie die Taschenlampe aus und im Nu kehrte wieder Stille ein. Auch die Kater kehrten zurück.

»Von welcher Seite sollen wir das Moos nehmen?«, fragte Anton unentschlossen.

»Du sagtest doch, dass Moos normalerweise im Westen oder Nordwesten an den Bäumen wächst. Also nehmen wir es von der Südostseite, weil das absolut unüblich ist. Wenn du unsere anderen Aufgaben bedenkst, müsstest du eigentlich zu dem gleichen Schluss gelangen«, überlegte Tim.

»Damit könntest du recht haben. Also dann!« Behutsam kratzten sie ein wenig Moos von dem Baum und gaben es Beatrice. Die steckte es in eine kleine Tasche. »So, jetzt zurück«, kommandierte sie fröhlich.

»Ja! Auf zu unserem Sternchen!«

Als sie Asteri erreichten, erschraken sie fürchterlich. Nur ein ganz leichtes Glimmen ging noch von dem Stern aus.

»Sternchen, liebes kleines Sternchen, was ist mit dir?«, fragte Tim betroffen.

»Es geht mit mir zu Ende«, flüsterte Asteri mit gebrochener Stimme. »Habt Dank für eure Hilfe.«

»Wir haben das Moos!«, rief Anton verzweifelt. »Du darfst uns jetzt nicht verlassen!«

»Was müssen wir denn nun tun?« Tim war todtraurig.

»Ihr müsst das Moos in die Muschel legen, dann bettet ihr mich darauf und gebt mir die leuchtende Blume. Wenn ihr damit fertig seid, bringt mich an einen hochgelegenen Platz, von wo aus man den Sternenhimmel sehen kann.« Asteris Stimme wurde immer schwächer.

»Wohin bringen wir sie?«, fragte Anton, während sie all das taten, was das Sternchen ihnen gesagt hatte.

»Erst einmal zur Burg. Dann muss Joachim uns helfen, sie hoch zu den Zinnen zu bringen.«

»Dann schnell jetzt.«

»J O A C H I M!«, brüllte Tim wenig später mit letzter Kraft. Er war von dem Transport völlig erschöpft.

Zum Glück hatte sein Lieblingsmensch noch nicht geschlafen und kam in die Halle gestürzt. »Um Himmelswillen, was ist passiert?«

»Du musst Sternchen so schnell du kannst auf eine der Zinnen bringen!«

Joachim hatte die Lage sofort erfasst. Vorsichtig nahm er die Muschel mit ihrem wertvollen Inhalt und flitzte die Treppen hinauf; dicht gefolgt von den Katern. Joachim wandte sich den südlich gelegenen Zinnen zu und platzierte die Muschel. Auch Barbara kam die Treppe heraufgekeucht. Gerade rechtzeitig, um einem unwirklichen Schauspiel beizuwohnen: Ein greller Lichtstrahl erschien am nächtlichen Himmelszelt und traf direkt auf die Muschel.

»Das ist die Brücke, die Sirius mir baut. Dank eurer Hilfe kann ich in mein zuhause zurückkehren.

Habt vielen Dank, ich werde euch nie vergessen und euch ab und zu zublinzeln«, rief Asteri ihnen zu.

»Leb wohl, kleines Sternchen, und gib gut acht auf dich!«, miauten die Kater.

Im nächsten Augenblick waren die Muschel und der Lichtstrahl verschwunden.

»Das war knapp«, murmelte Anton. Er war grenzenlos erleichtert, dass sie es gerade noch geschafft hatten.

»Verdammt knapp«, bestätigte Tim und tupfte sich mit seiner Pfote eine Träne fort.

»So, ihr beiden Helden, ich würde sagen, es ist Zeit für euch ins Bett zu gehen. An Abenteuern hattet ihr ja in den vergangenen Tagen erst einmal genug. Marsch jetzt!«, befahl Joachim schmunzelnd. Er war unglaublich stolz auf seine beiden Samtpfoten.

Des einen Freud, des anderen Leid

Der Herbst war über das Land gezogen und stürmische Winde hatten die Blätter von den Bäumen gefegt. Es war nasskalt und ungemütlich, so dass selbst Tim keine Lust verspürte draußen herumzutoben. Der nahende Winter kündigte sich mit Riesenschritten an.

Während Anton ein Buch nach dem anderen verschlang, saß Tim auf der Rückenlehne von Joachims Schreibtischstuhl und half diesem bei seinen Reportagen.

Zwei Wochen vor Weihnachten fiel der erste Schnee. Eines Morgens erwachte Tim und wunderte sich über die grenzenlose Stille draußen. Als er aus dem Fenster schaute, breitete sich vor seinen Augen eine dicke Schneedecke aus. An den Zweigen der Bäume glitzerten Eiszapfen in der kalten Wintersonne. Die Landschaft sah wie verzaubert aus und der Kater konnte sich gar nicht sattsehen an der unberührten Natur. Als sie noch in der Stadt wohnten, hatte es dort nie so prachtvoll ausgesehen.

»Anton! Anton!«, rief er freudig. »Komm her, das musst du dir ansehen!«

»Das ist ja fantastisch«, staunte auch Anton, als er zum Fenster kam. »Wie eine Zauberlandschaft aus dem Bilderbuch. So etwas Schönes habe ich noch nie gesehen. In der Stadt …«

… »Komm«, unterbrach Tim seinen Freund, »lass uns nach draußen gehen.«

»Meinst du?« Anton war skeptisch.

»Natürlich! Es muss herrlich sein, durch den Schnee zu tollen.«

So stiefelten die zwei nach draußen. Tim stürzte sich sofort in das fluffige Vergnügen.

Anton zögerte. »Iiih, ist das kalt und so nass!«, rief er entsetzt, nachdem er eines seiner Pfötchen in den frischgefallenen Schnee gesetzt hatte. »Ich glaube, ich geh doch lieber wieder rein«, verkündete er.

»Nun komm schon. Sei kein Spielverderber«, rief Tim ihm zu. Er war bereits mehrmals bis zu den Ohren in der weißen Masse versunken. »Komm, stell dich nicht so an!«

Seufzend kam Anton schließlich der Aufforderung nach. Es dauerte auch nicht lange, da hatte er sich an den Schnee gewöhnt und bald schon tollten die beiden Kater vergnügt herum.

Barbara und Joachim schauten sich das fröhliche Treiben von drinnen aus an und lachten.

»Ich geh kurz hinaus um die Vögel zu füttern. Ich glaube ich habe gestern vergessen die Meisenknödel zu erneuern.«

»Soll ich dir helfen?«

»Nein, das schaffe ich schon alleine.«

»Scheuch mal unsere wildgewordenen Fellnasen herein. Ich denke sie waren lange genug draußen. Nicht, dass sie sich noch erkälten.«

Als die Kater hereinkamen, wartete Joachim schon mit einem großen, angewärmten Handtuch auf sie. Schnurrend ließen die beiden Tiere sich das Abtrocknen gefallen. Anschließend kuschelten sie sich auf das Sofa im Salon. Im Kamin brannte ein lustiges Feuer und verbreitete eine wohlige Wärme. Langsam fielen ihnen die Augen zu.

Plötzlich ertönte ein Schrei!

Aufgeschreckt sprangen die Kater auf und rannten in die Halle. Auch Joachim kam aus seinem Büro gestürzt. Der Schreck fuhr ihm durch alle Glieder, als er Barbara auf dem Boden liegen sah. Sie hielt sich ihren Arm und Tränen strömten aus ihren Augen.

»Liebes! Was ist passiert?«, fragte er bestürzt und kniete sich neben sie.

»Ich bin beim Hereinkommen ausgerutscht. Ich hatte wohl noch Schnee unter den Sohlen meiner Stiefel«, schluchzte sie. »Mein Arm tut höllisch weh. Ich befürchte, er ist gebrochen.«

Betrübt sahen die Kater zu, wie Joachim der Burgherrin aufhalf.

»Am besten bringe ich dich zu Berthold. Er kann deinen Arm röntgen, dann wissen wir es genau.« Joachim war froh, dass er sich vor ein paar Wochen einen Jeep gekauft hatte. Mit dessen Allradantrieb würde er hoffentlich sicher durch die Schneemassen kommen.

Zwei Stunden später kamen die beiden zurück. Barbaras Arm war tatsächlich gebrochen. Er war eingegipst worden und sie trug ihn in einem Tuch, das hinter ihrem Nacken verknotet war. Da sie ihn möglichst ruhig halten sollte, war sie fortan zum Nichtstun verdammt.

»So ein Mist aber auch!«, schimpfte sie. »Ausgerechnet jetzt muss mir das passieren. Ich muss doch die Buchführung und die Steuererklärung erledigen.«

»Tut mir leid, dass ich dir nicht helfen kann, Schatz. Aber du weißt ja, dass ich den Abgabetermin habe und noch viel tun muss«, entschuldigte Joachim sich.

»Das weiß ich doch, Liebling. Ich werde mir jemanden ins Haus holen müssen, der das erledigt«, seufzte sie.

»Ich kann dir doch helfen!« Schnurrend strich Tim um Barbaras Beine.

»Du? Ja, natürlich! Warum eigentlich nicht? Komm, wir versuchen es.«

Glücklich darüber, dass seine Hilfe angenommen wurde, folgte Tim der Gräfin in deren Büro. Der Kater setzte sich vor die Tastatur des Computers und Barbara nahm auf dem Schreibtischstuhl Platz. Während sie ihrem pelzigen Gehilfen erklärte, was zu tun sei, glitten seine Pfötchen geschwind über die Tasten und in kürzester Zeit war die Buchführung erledigt. Barbara atmete auf. »Du bist wirklich außergewöhnlich intelligent. Das hast du super gemacht!« Ein liebevolles Kraulen und das Versprechen, dass es später sein Lieblingsessen geben würde, spornten Tim noch mehr an.

»So, jetzt kommt der schlimme Teil dran«, stöhnte sie. »Die Steuererklärung.«

»Dann lass uns beginnen. Je früher wir damit anfangen, desto eher bekomme ich mein leckeres Futter«, grinste der Kater.

Staunend, in welcher Geschwindigkeit Tim das Formular vollständig und korrekt ausfüllte, bemerkte Barbara: »Du brauchst mich ja gar nicht. So fix habe ich das nie geschafft. Woher kannst du das?«

Tim kicherte. »Das habe ich mir bei Evagelia abgeschaut. Sie ist unglaublich nett und Joachims Steuerberaterin. Sie hat mir alles ganz genau erklärt. Ich durfte nur Joachim nicht verraten, dass ich das kann, weil sie Angst hat, dass er sie dann nicht mehr braucht.«

Barbara brach in schallendes Gelächter aus. »Du bist mir ja ein Schlingel«, gluckste sie. Sie lachte und kicherte und konnte sich gar nicht mehr beruhigen. Tim stimmte vergnügt mit ein.

Durch die geräuschvollen Heiterkeitsausbrüche angelockt, steckte Joachim seinen Kopf zur Tür herein. »Ihr habt ja einen riesigen Spaß, ihr zwei. Ich denke ihr brütet über Zahlenkolonnen!?«

Als die beiden Joachim sahen, fing das Gelächter wieder von vorne an. Kopfschüttelnd verzog sich der Journalist. Was die zwei wohl hatten?

»Das bleibt unser Geheimnis, versprochen!«, zwinkerte Barbara verschwörerisch dem Kater zu.

Weihnachten war vorüber und zu dem bereits gefallenen Schnee kam neuer hinzu. Anton und Tim vergnügten sich in der weißen Pracht, bis es ihnen an ihren Pfötchen zu kalt wurde. Doch vor einem Tag graute den beiden Katern: Silvester. Diesen Tag verabscheuten sie aufs Tiefste. Die bunten Sternchen, die in den Himmel geschossen wurden, waren ja ganz nett anzusehen, aber die laute Knallerei mit den Böllern und Kanonenschüssen ängstigte die Tiere. Sie verkrochen sich in der dunklen Deckenhöhle, die ihre Menschenfreunde für sie hergerichtet hatten. Hier fühlten sie sich sicher und warteten, bis der Lärm endlich aufhörte. Anton und Tim waren der einhelligen Meinung, dass die Menschen unheimlich dumm waren, so viel Geld für die dämliche Knallerei auszugeben. Wie viel Katzenfutter hätte man dafür kaufen können!

Schatten der Vergangenheit

Endlich hielt der Frühling Einzug. Die Sonne hatte schon ziemliche Kraft und leckte den Schnee weg. Die ersten Blümchen hatten ihren Winterschlaf beendet und steckten ihre Köpfe aus der Erde. Bald leuchteten Schneeglöckchen, Tulpen, Hyazinthen und Osterglocken um die Wette. Die bunten Farbtupfer waren hübsch anzusehen und die beiden Kater gaben acht, dass sie sie bei ihren wilden Spielen nicht zertraten.
Ja, und dann kamen auch schon die ersten Gäste. Das Burghotel öffnete nach der Winterpause wieder seine Türen. Barbaras Arm war gut verheilt und sie konnte die Besucher wie gewohnt umsorgen.

»Wer ist das denn?«, flüsterte Anton seinem Freund zu. Die beiden Kater schauten sich vom Salon aus die Ankunft der neuen Gäste an. Bislang waren dies ein Ehepaar mittleren Alters, eine allein reisende, schon etwas ältere kleine Dame, die die Kater bereits kannten, da sie schon zwei Mal hier gewesen war. Nun stand noch ein Herr an der Rezeption, der das Interesse der beiden Kater weckte. Er war groß, schlank und sehr gut gekleidet. Auch er schien nicht mehr ganz so jung zu sein. Sein braunes Haar mit den silbergrauen Strähnen deutete darauf hin.

»Sie haben Zimmer Nummer 6, Mister Stone«, lächelte Barbara den Herrn an und reichte ihm seinen Schlüssel. »Ich wünsche Ihnen einen angenehmen Aufenthalt. Wenn Sie Fragen haben, wenden Sie sich gerne jeder Zeit an mich.«

»Entschuldigen Sie bitte, Frau Gräfin. Ich habe bereits eine Frage: In welche Richtung sind die Fenster des Zimmers ausgerichtet?«

»Er hat einen leichten Akzent«, bemerkte Anton leise. »Ich vermute, dass er aus England oder Irland ist.«

»Du könntest recht haben«, stimmte Tim seinem Freund zu.

Verdutzt sah Barbara den neuen Gast an. So eine Frage war ihr noch nie gestellt worden. »Nach Süden hin«, antwortete sie schließlich. »Es ist eines unserer schönsten Zimmer.«

»Das glaube ich Ihnen gerne, aber … hätten Sie vielleicht eines, mit Blick auf die Ruine?«

»Tut mir leid, Mister Stone«, entschuldigte Barbara sich. »Die Zimmer mit Sicht auf die alte Burg sind unsere Privaträume. Diese werden nicht vermietet. Sie können die Ruine jedoch von unserem Speiseraum und der Terrasse aus sehen.«

»Was er wohl für ein Interesse an dem alten Gemäuer hat?«, überlegte Tim.

»Vielleicht ist er Maler und benötigt für seine Arbeit bestimmte Lichtverhältnisse«, mutmaßte Anton.

»Na, wir werden es schon noch herausfinden«, grinste Tim.

Während der ersten zwei Tage saß der neue Gast viele Stunden im Speisesaal und sah fast ununterbrochen zu der alten Burg hinüber. Am dritten Tag erschien er in Wanderkleidung. Als er nach dem Frühstück aufbrach, hefteten sich die beiden Kater an seine Fersen. Sie ahnten, wohin der Weg sie führen würde. Ihr Gespür trog sie nicht. Stundenlang erkundete Mister Stone die alte Burg, oder besser gesagt das, was davon noch übrig war.

»Was um alles in der Welt sucht er hier?«, fragte Anton.

»Ich habe keine Ahnung«, gestand Tim. »Hast du mal in den alten Chroniken nachgesehen, ob da etwas über die Ruine steht?«

»Ich habe alles nachgeschlagen, nur gefunden habe ich nichts Erwähnenswertes. Lediglich, dass das Gemäuer etwa zeitgleich wie die Burg Hohenfels errichtet wurde und den Namen *Tiefenstein* trug; doch weder was den Zerfall verursacht hat, noch was aus den Bewohnern geworden war, war nirgendwo ersichtlich.«

»Seltsam. Aber ich weiß, wer uns etwas darüber sagen könnte.«

»Wer?«

»Na, die Elfen! Schließlich sind sie unsterblich. Also müssten sie etwas wissen. Ich werde gleich morgen, vor Anbruch des Tages, zu ihnen gehen.«
In aller Herrgottsfrühe verließ Tim seinen Schlafplatz, stibitzte aus dem Küchenschrank ein Döschen Blütenhonig und schlich auf leisen Pfoten aus dem Haus. Der Kater musste eine ganze Weile laufen, bis er zu der Lichtung im Birkenwäldchen gelangte.
Die Elfen hatten gerade ihren Tanz begonnen und freuten sich, Tim wiederzusehen. Sie sangen und tanzten eine Weile mit ihm und setzten sich dann ins taubedeckte Gras.

»Vielen Dank, dass du dich daran erinnert und uns den Honig mitgebracht hast. Gibt es etwas, womit wir dir eine Freude machen können?«

»Ja, da gäbe es etwas«, begann Tim. »Kennt ihr die Ruine, nicht weit von der Burg Hohenfels?«

»Ja, die kennen wir.«

»Könnt ihr mir etwas darüber erzählen und wisst ihr, was aus den einstigen Besitzern geworden ist?«

»Das ist eine sehr traurige Geschichte«, begann die älteste Elfe zu berichten. »Einst lebten dort äußerst ehrbare Menschen. Sie achteten die Natur und die Tiere und die beiden Söhne waren wohl geraten. Sie hießen Karl und Georg. Der Graf kümmerte sich um den Wald und seine Gattin um die Kranken und Hilflosen des Ortes. Sie wurden von allen sehr geschätzt. Eines Tages, die Jungen waren wohl so um die zwanzig Jahre alt, verliebten sie sich in das gleiche Mädchen. Es war die Grafentochter Cecilia von der Burg Hohenfels. So gut, wie die Knaben sich einst verstanden, waren sie sich nun spinnefeind. Da sich Cecilia nicht entscheiden konnte, welchen der Brüder sie lieber hatte, beschlossen diese, es in einem Kampf zu entscheiden. Der Gewinner sollte die Grafentochter zur Gemahlin bekommen. Eines nachts, um die mitternächtliche Stunde, duellierten sie sich mit ihren Degen auf dem Burghof. Dabei tötete Georg, der Ältere, aus Versehen seinen Bruder Karl. Ihren fairen Kampf sah keiner, doch Georg packte in aller Hast ein paar Sachen zusammen und floh. Er hatte Angst, dass ihm niemand Glauben schenken würde, dass es ein Unglücksfall gewesen war, der zum Tode seines Bruders geführt hatte. Über diese Geschehnisse waren die Eltern zu Tode betrübt. Der Graf erlitt noch am selben Tag einen Herzanfall, woran er auch verstarb. Das alles war für die Gräfin zu viel. In einem Anflug unsäglicher Trauer und Verzweiflung stürzte sie sich vom höchsten Turm in den Tod. In der nachfolgenden Zeit fand sich niemand, der die Burg bewohnen oder erhalten wollte. So verfällt sie Jahr für Jahr immer mehr.«

»Das ist wirklich eine sehr tragische Geschichte«, sagte Tim leise. »Wie lange ist das jetzt her?«

»Etwa zweihundert Jahre.«

»Könnt ihr mir noch sagen, was aus Cecilia geworden ist?«

»Nicht viel. Wir wissen nur, dass sie nie geheiratet hat. Anscheinend trauerte sie ihr Leben lang um ihren Geliebten; wer auch immer das von den Beiden gewesen war. Aber, mir fällt ein, dass sie noch einen jüngeren Bruder hatte. Nur über ihn weiß ich gar nichts.«

»Habt vielen Dank, liebe Elfen.«

»Komm bald einmal wieder. Deine Gesellschaft ist uns immer willkommen.«

»Das verspreche ich euch, und … ich werde auch wieder Blütenhonig dabeihaben«, lachte Tim.

Noch am gleichen Abend erzählte Tim seinen Menschenfreunden die traurige Geschichte.

»Das alles höre ich heute zum ersten Mal«, gestand Barbara. »Als Kind hatte ich meine Eltern mal gefragt, aber auch diese wussten nichts über die Ruine.«

»Habt ihr in eurer Ahnengalerie ein Gemälde von Cecilia?«, fragte Joachim.

»Nein, aber vielleicht befindet sich etwas von ihr auf dem Dachboden. Da wird seit ewigen Zeiten alles Mögliche gelagert.«

»Hast du nie dort nachgesehen?«

»Nein, irgendwie fehlte mir immer die Zeit. Als ich noch klein war, verboten mir meine Eltern dort zu spielen und herumzustöbern und irgendwann geriet alles in Vergessenheit.«

»Na, ich wollte mir den Dachboden ja schon seit Längerem einmal ansehen. Vielleicht ist jetzt die passende Gelegenheit«, grinste Joachim.

Als die Kater zum dritten Mal in Folge dem mysteriösen Mister Stone hinterherpirschten, murrte Anton: »Heute komme ich zum letzten Mal mit. Mittlerweile ist es langweilig ihn den ganzen Tag zu beobachten. Außerdem tun mir bereits meine Pfoten weh, von der langen Wegstrecke. Ich vertrödele nur meine kostbare Zeit.«

»Was willst du denn sonst machen?«

»Ich lese gerade ein ungemein faszinierendes Buch. Es trägt den Titel *Auf den Spuren geheimer Träume*. Es ist von einer Frau geschrieben die unglaublich viel über Katzen weiß. Selbst die geheimsten Geheimnisse. Du musst es unbedingt lesen, wenn ich es durchhabe. Ich kann es gar nicht abwarten weiterzulesen.«

Tim lachte. »Ist ja schon gut, ab morgen observiere ich ihn alleine.«

Doch dazu sollte es nicht mehr kommen.

Ein Poltern und Rumpeln ertönte und ein Schrei hallte über das Gelände. Die Kater sprangen auf und liefen zu der Stelle, von wo die Geräusche erklungen waren.

Rasch erreichten sie den Ort des Geschehens. Ein alter Balken hatte sich aus dem Mauerwerk gelöst und Mister Stone unter sich begraben.

Mit schmerzverzerrtem Gesicht sah er die Samtpfoten an. »Ich brauche Hilfe. Könnt ihr bitte jemanden holen, der mich befreit? Alleine schaffe ich es nicht und hier kommt ja nie jemand vorbei. Ihr seid meine einzige Chance. Aber wahrscheinlich versteht ihr mich gar nicht. Wie dumm von mir, ausgerechnet zwei Katzen um Hilfe zu bitten.« Stöhnend schloss er die Augen.

Der Balken sah ziemlich schwer aus und lag quer über den Beinen des Verletzten.

»Ich flitze nach Hause und hole Joachim. Bleib du bitte bei ihm.«

»Bring auch gleich Berthold mit. Ich glaube nicht, dass Joachim es alleine schafft, den Balken hochzuheben. Außerdem wird er eh einen Arzt brauchen«, bemerkte Anton.

Tim lief so schnell er konnte. Atemlos erreichte er die Burg und erzählte seinen Menschen, was sich zugetragen hatte. Während Joachim zu seinem Jeep eilte, rief Barbara in der Arztpraxis an. Berthold ließ alles stehen und liegen und machte sich ebenfalls auf den Weg.

Es war für die beiden starken Männer kein Leichtes, den Balken anzuheben und beiseite zu hieven. Zudem mussten sie behutsam vorgehen, damit sie dem Verletzten nicht noch weitere Schmerzen zufügten. In weiser Voraussicht hatte der Arzt bereits von unterwegs einen Krankenwagen angefordert. Als dieser nun eintraf, wurde Mister Stone umsichtig auf eine Trage gebettet und in den Rettungswagen geschoben. Von dort aus sah er die Kater dankbar an. »Vielen Dank für eure Hilfe«, murmelte er. »Ich gebe zu, dass ich es nicht für möglich gehalten hätte, dass ihr es schafft, Hilfe herbeizuholen.«

Bereits drei Tage später humpelte Mister Stone an zwei Gehstützen ins Burghotel. Freudig wurde er von der Gräfin und den Katern empfangen.

»Was ist mit ihren Beinen?«, wollte Barbara mitfühlend wissen.

»Das rechte ist angebrochen und beim linken hat die Kniescheibe etwas abbekommen. Ich muss mich schonen und darf nicht allzu viel herumlaufen. Das heißt, dass ich meinen Urlaub bei Ihnen auf unbestimmte Zeit verlängern muss.«

»Das ist kein Problem. Wir sind zurzeit nicht ausgebucht«, beruhigte ihn die Gräfin. »Doch sagen Sie, Mister Stone …«

» … Bitte, können wir uns nicht duzen? Es klingt so fremd für mich, dieses *Sie*. Ich bin George«, unterbrach der Gast sie.

»Einverstanden. Ich heiße Barbara«, lächelte die Burgherrin.

»Entschuldige, ich habe dich eben unterbrochen, was wolltest du wissen?«

»Wieso interessiert dich die Burgruine so ungemein?

»Das verrate ich dir gerne, aber können wir uns vielleicht setzen?«

Barbara rief Joachim dazu, der etwas verstaubt, aber mit einem breiten Grinsen die Treppe vom Dachboden herunter kam. Sie gesellten sich zu den Katern in den Salon und George begann zu erzählen: »Vor zwei Monaten verstarb mein Vater. Beim ordnen seines Nachlasses entdeckte ich ein Geheimfach in seinem Sekretär. Darin befanden sich alte Unterlagen. Unter anderem waren darin eine Besitzurkunde über eine Goldmine in Kanada und ein vergilbter Brief in altdeutscher Schrift. Da ich zwar der deutschen Sprache mächtig bin, aber diese ungewöhnliche Schrift nicht entziffern konnte, hatte ich die Hoffnung hier jemanden zu finden, der es mir übersetzt.«

»Aber warum bist du ausgerechnet *hierher* gekommen?«

»In den Unterlagen fand ich ein Dokument, in dem der Name ›Georg Graf von Tiefenstein‹ auftauchte. Ich fand heraus, dass es sich dabei um eine alte Burg im Bayerischen Wald handelt. So machte ich mich auf den Weg hierher.«

»Hast du schon irgendetwas herausgefunden?«

»Nein, nichts. Vielleicht steht in dem Brief etwas. Ich weiß, dass Briefe das Fenster zur Seele sind, aber was nützt mir dieses Wissen, wenn ich diesen hier nicht lesen kann? Kann einer von euch es?«

»Als Journalist sollte ich es eigentlich können, aber ich hatte nie die Zeit mich damit zu beschäftigen«, bedauerte Joachim.

»Mir geht es ebenso. Wir könnten uns aber im Dorf erkundigen, ob es dort jemanden gibt, der es kann.«

»Warum fragt ihr nicht einfach mich?« Anton hatte die ganze Zeit über aufmerksam zugehört, während Tim auf Joachims Schoss lag und sich entspannt streicheln ließ.

Überrascht sahen Barbara und Joachim den Kater an, der vor ihnen stand.

»Ist etwas mit ihm?«, fragte George, als er merkte, dass seine Gastgeber Anton verdattert ansahen.

Nun blieb den beiden nichts anderes übrig, als ihrem Gast in aller Kürze von Tims und Antons Fähigkeiten zu erzählen.

Staunend betrachtete George jetzt die Kater. »Das ist ja unglaublich! So etwas habe ich noch nie gehört, aber wenn Anton meint, dass er den Brief lesen kann, dann soll er es doch versuchen.«

»Leg eine Hand auf Tims Rücken, so kannst du verstehen, was Anton sagt«, forderte Joachim den Besucher auf.

Das Papier befand sich in einer Schutzhülle und nachdem Anton einen Blick darauf geworfen hatte, nickte er. »Kein Problem.« Und er begann vorzulesen:

Wir schreiben das Jahr 1817. Mein Name ist Georg Graf von Liefenstein. Ich befinde mich im einundzwanzigsten Lebensjahr und bin auf der Flucht. Während eines Kampfes um ein Mädchen, der reizenden Grafentochter Lucilia von Hofenfels, tötete ich meinen Bruder Karl. Ich erstach ihn mit meinem Degen. Es war ein Unfall, doch hatte ich Angst, daß mir keiner Glauben schenken würde. So packte ich geschwind ein paar Sachen, bestieg mein Pferd und jagte davon. Ich ritt fast ununterbrochen viele Tage lang, doch in Frankreich brach mein treues Roß vor Erschöpfung zusammen. Ich pflegte es gesund und verkaufte es dann. Ich trennte mich nur schweren Herzens von ihm. Zu meinem fünften Geburtstag hatte ich das Pferd als kleines Pony bekommen und wir waren unzertrennlich. Doch ich hatte keine andere Wahl. Ich heuerte auf einem klapprigen Seelenverkäufer an und verdiente mir somit die Überfahrt nach England. Dort besorgte ich mir neue Papiere und änderte

meinen Namen in Gordon Stone. Doch war es
schwere Arbeit zu finden. Ich fand Unterschlupf
in einer zugigen Hütte und hungerte mancher Tage, bis ich durch Zufall eine alte Zeitung fand. Darin wurde berichtet, daß in
Alaska und Kanada das Goldfieber ausgebrochen war. Ich verdingte mich als Matrose
und gelangte so in die Neue Welt. Zwei Jahre
suchte ich nach Gold und eines Tages stieß ich
auf eine ergiebige Mine. Ich ließ sie unverzüglich als meinen Besitz eintragen und
wurde im Laufe der Jahre ein reicher Mann.
Eines Tages kehrte ich nach England zurück, wo
ich als wohlhabender Mann geachtet wurde. Ich
heiratete und wurde Vater eines Sohnes, doch
all die Jahrzehnte hindurch litt ich unter
grenzenlosem Heimweh. Ich hatte mein Zuhause und meine Familie über alles geliebt
und es machte mich krank, meinen Eltern kein
Lebenszeichen zukommen zu lassen. Das Geheimnis um meine Herkunft habe ich nie
preisgegeben. Diesen Brief schreibe ich für
meine Nachkommen, die auch die Goldmine
und deren Erträge erben. Jetzt, kurz vor
meinem Ableben, bitte ich Gott um Vergebung. Ich habe für meine Tat tausendfach gebüßt.

Dies schreibe ich im Mai 1879, Georg Graf von Tiefenstein, alias Gordon Stone

Wir schreiben das Jahr 1817. Mein Name ist Georg Graf von Tiefenstein. Ich befinde mich im einundzwanzigsten Lebensjahr und bin auf der Flucht. Während eines Kampfes um ein Mädchen, der reizenden Grafentochter Cecilia von Hohenfels, tötete ich meinen Bruder Karl. Ich erstach ihn mit meinem Degen. Es war ein Unfall, doch hatte ich Angst, dass mir keiner Glauben schenken würde. So packte ich geschwind ein paar Sachen, bestieg mein Pferd und jagte davon. Ich ritt fast ununterbrochen viele Tage lang, doch in Frankreich brach mein treues Ross vor Erschöpfung zusammen. Ich pflegte es gesund und verkaufte es dann. Ich trennte mich nur schweren Herzens von ihm. Zu meinem fünften Geburtstag hatte ich das Pferd als kleines Pony bekommen und wir waren unzertrennlich. Doch ich hatte keine andere Wahl. Ich heuerte auf einem klapprigen Selenverkäufer an und verdiente mir somit die Überfahrt nach England. Dort besorgte ich mir neue Papiere und änderte meinen Namen in Gordon Stone. Doch war es schwer Arbeit zu finden. Ich fand Unterschlupf in einer zugigen Hütte und hungerte mancher Tage, bis ich durch Zufall eine alte Zeitung fand. Darin wurde berichtet, dass in Alaska und Kanada das Goldfieber ausgebrochen war. Ich verdingte mich als Matrose und gelangte so in die Neue Welt. Zwei Jahre schürfte ich nach Gold und eines Tages stieß ich auf eine ergiebige Mine. Ich ließ sie unverzüglich als meinen Besitz eintragen und wurde im Laufe der Jahre ein reicher Mann. Eines Tages kehrte ich nach England zurück, wo ich als wohlhabender Mann geachtet wurde. Ich heiratete und wurde Vater eines Sohnes, doch all die Jahrzehnte hindurch litt ich unter grenzenlosem Heimweh. Ich hatte mein Zuhause und meine Familie über alles geliebt und es machte mich krank, meinen Eltern kein Lebenszeichen zukommen zu lassen. Das Geheimnis um meine Herkunft habe ich nie preisgegeben. Diesen Brief schreibe ich für meine Nachkommen, die auch die Goldmine und deren Erträge erben. Jetzt, kurz vor meinem Ableben, bitte ich Gott um Vergebung. Ich habe für meine Tat tausendfach gebüßt.

Dies schreibe ich im Mai 1879, Georg Graf von Tiefenstein, alias Gordon Stone

Minutenlang herrschte ergriffenes Schweigen. George war blass geworden und Joachim stand auf, um ihm einen Cognac einzugießen.

»Dann können wir dir jetzt auch erzählen, was unser Kater, Tim, herausgefunden hat«, sagte Barbara und erzählte die Geschichte, die Tim von den Elfen erfahren hatte.

»Dann handelt es sich bei dem Besagten um meinen Ururgroßvater!«, stellte George fest. »Ich bin unheimlich froh, dass ich zu euch gekommen bin und ihr mir geholfen habt, dieses Familiengeheimnis zu lüften.«

»Ich habe auch noch eine Überraschung für euch. Geduldet euch bitte einen Augenblick!«, meldete Joachim sich zu Wort und verschwand hintergründig schmunzelnd. Als er kurze Zeit später wieder in den Salon trat, hielt er ein großes Gemälde in beiden Händen. Der Rahmen war vergoldet und das Bildnis darin zeigte eine wunderschöne, junge Frau mit blondem Haar. »Darf ich vorstellen?«, grinste er spitzbübisch, »Cecilia Gräfin von Hohenfels!«

Sprachlos starrten alle Anwesenden auf das Bild.

»Dann müsste es sich bei ihr ja um meine Ururgroßtante handeln!«, brachte Barbara überwältigt heraus.

»Ja, und ihr Bruder, von dem niemand etwas weiß, ist dann dein Ururgroßvater«, ergänzte Joachim.

»Ich werde gleich nachher in unserer Familienchronik nachsehen, ob ich etwas über ihn finde.«

»Das brauchst du nicht«, bemerkte Anton. »Ich habe in der Bibliothek nichts entdecken können.«

Barbara lachte. »Das konntest du auch nicht. Einige Bücher habe ich nämlich in meinem Salon.«

»Das hättest du ja auch schon mal eher erwähnen können«, maulte der Kater beleidigt.

»Nun sei nicht sauer«, beschwichtigte Barbara ihn. »Außerdem hast du uns sehr geholfen mit deiner Entzifferung der alten Schrift. Und im Übrigen: Kleine Kater müssen ja nicht alles wissen«, schmunzelte sie.

»Ich habe mir das Gemälde genau angesehen. Es weist keinerlei Beschädigungen auf. Vielleicht sollte es aber von einem Fachmann gereinigt werden, damit die Farben wieder besser zur Geltung kommen. Es war übrigens höchst umsichtig verpackt und gut versteckt«, erklärte Joachim. »Was wirst du jetzt mit der Burgruine machen?«, wandte er sich an George.

»Ich werde einige Sachverständiger und Statiker beauftragen, sich das Gemäuer einmal anzusehen. Tja, und wenn alles gut geht, wird Burg Tiefenstein wieder aufgebaut und wir werden in wenigen Jahren Nachbarn sein! Aber wie kann ich euch danken?«

»Sagt ihm, dass er auf gar keinen Fall den Baum der Weisheit fällen darf! Der, der hinter der ehemaligen Kapelle steht. Er muss uns versprechen, dass ihm nichts geschieht!«, rief Tim aufgeregt.

»Das Versprechen gebe ich euch gerne«, lachte George.

Die beiden Kater hatten vergnügt auf der Wiese hinter der Burg herumgetollt. Die Sonne lachte von einem wolkenlosen, blauen Himmel und überall grünte und blühte es. Als die zwei in die Burg liefen, um ihren Hunger zu stillen, erwartete sie eine Überraschung: Antons ehemalige Besitzer waren eingetroffen. Endlich hatten Stockmanns es geschafft, sich ein paar Tage frei zu nehmen; und was würde näher liegen, als ihren einstigen Hausbewohner über die Osterfeiertage zu besuchen? Überschwänglich begrüßten diese den Kater. Doch Anton verhielt sich zurückhaltend. Als er mit Tim alleine in der Küche war, sah er nur auf seinen Napf, rührte das Futter jedoch nicht an. Stattdessen starrte er traurig vor sich hin.

»Was ist los? Hast du keinen Appetit?«, wollte Tim wissen.

»Nö, der ist mir vergangen«, gestand Anton.

»Weshalb?«

»Was meinst du? Werden sie mich wieder mitnehmen?« Anton war todunglücklich.

Tim dagegen lachte. »Darüber mach dir mal keine Sorgen. Du glaubst doch nicht im Ernst, dass wir dich wieder fortlassen?! Außer ... du willst es!«

»Bist du verrückt? Ich habe noch nicht einmal die Hälfte der Bücher in der Bibliothek gelesen! Und dann sind da noch die, die im Salon der Gräfin auf mich warten. Und im Übrigen: So gut wie hier wird es mir nirgendwo jemals wieder gehen und meinen besten Freund kann ich doch auch nicht im Stich lassen«, sprudelte es aus Anton hervor.

»Na siehste. Problem gelöst«, feixte Tim. »Und jetzt friss! Ist echt lecker!«

Epilog

Tim und Anton überwachten von ihrem Turm aus die Bauarbeiten der Burgruine. Die Fachleute hatten die noch vorhandene Substanz für gut erklärt und die Freigabe für die Restaurierung erteilt.
Manchmal schlenderten die beiden Kater auch zu der Baustelle hin und beobachteten die Fortschritte vor Ort.
Im folgenden Jahr war der Großteil der Räumlichkeiten bezugsfertig und George traf mit seiner Familie ein. Dazu gehörten neben der Ehefrau Jane auch die Katzen Molly und Katie sowie die Söhne Mike und Dean. Die beiden waren acht und zehn Jahre alt und wenn sie nicht gerade durch den Wald strolchten, spielten sie mit den Samtpfoten. Tim und Anton waren begeistert und freundeten sich rasch mit den Miezen an. Es dauerte nicht lange und sie wurden unzertrennlich.
Eines Tages kamen Mike und Dean ziemlich ramponiert aus dem Wald zurück. Ein Teil ihrer Kleidung war zerrissen und zahlreiche Schrammen zogen sich über ihre Gesichter und Hände.

»Was um alles in der Welt habt ihr getrieben, dass ihr ausseht wie die Räuber?«, fragte Jane entsetzt.

»Wir haben ein paar Jugendliche im Wald getroffen«, berichteten die beiden. »Nicht nur dass sie ein Feuer gemacht hatten, sie hatten auch Glasflaschen herumliegen lassen und wollten sich gerade aus dem Staub machen. Das konnten wir nicht zulassen, so kam es zu einer Prügelei. Anschließend haben wir das Feuer gelöscht und die Flaschen eingesammelt.«

»Wie alt waren die denn?«

»Wir schätzen sie auf ungefähr vierzehn Jahre.«

»In dem Alter sollte man schon etwas mehr Verstand haben. Im Sommer ein Feuer im Wald zu machen und Glasflaschen herumliegen zu lassen!« Jane schüttelte nur den Kopf über so viel Dummheit; doch sie war stolz darauf, dass ihre Jungs sich so umsichtig verhalten hatten. Naja, die Prügelei stand auf einem anderen Blatt.

Das Bild mit der Grafentochter Cecilia hatte im Salon von Burg Hohenfels einen Ehrenplatz erhalten, so dass alle Gäste es bewundern konnten.

Ende des Sommers gab es in dem kleinen Städtchen eine Doppelhochzeit. Berthold hatte seiner Beatrice einen Antrag gemacht und auch Joachim und Barbara gaben sich das Ja-Wort. Alle Bewohner des Ortes waren auf den Beinen und es wurde ein wunderbares Fest.

Im Oktober warfen die Miezen von Georges Familie Junge. Es war unübersehbar, dass Tim und Anton die Väter waren, die sich vor Stolz und Vaterfreuden wie toll gebärdeten.

Und auch Barbara erwartete Nachwuchs. Joachim geriet völlig aus dem Häuschen, als sie es ihm offenbarte.

»Hoffentlich wird es kein Mädchen«, sagte Anton mit düsterer Stimme.

»Wieso sollte es *kein* Mädchen werden?«, fragte Tim verdutzt.

»Ich meine ja bloß. Nicht dass sich die tragische Geschichte von damals wiederholt.«

Tim lachte. »Über was du dir so deine Gedanken machst! Aber glaube mir, so etwas wird in unserer Familie niemals geschehen!«

Zauber hinter dem Regenbogen

Inhaltsverzeichnis

Eine Welt voller Magie ... Seite 150
Große Katzen, treue Freunde ... Seite 158
Ferien im Regenbogenland ... Seite 193

Eine Welt voller Magie

»Katerchen! Robin! Wo um alles in der Welt bist du so lange gewesen? Unsere Menschen und ich haben uns so große Sorgen gemacht!« Liebevoll begrüßte Minky ihren Gefährten mit einem Nasenküsschen. Die kleine Katze war grenzenlos erleichtert, Robin wiederzuhaben. Und sie war sauer. Sie war sogar fürchterlich sauer. Die vier Tage, in denen der Kater verschwunden war, waren für sie die Schlimmsten ihres bisherigen Lebens gewesen. Auch wenn sie nicht immer einer Meinung waren und sich kabbelten, dass die Fellflusen nur so flogen, war Robin doch ihr Ein und Alles. Minky würde nie die zwei Male vergessen, als sie krank war und der Kater sich liebevoll um sie gekümmert hatte.

Vor zwei Jahren hatten ihre Zweibeiner Robin und sie aus einer Tierpension zu sich geholt. Der Kater war damals vier Monate und sie, Minky, drei Monate alt. Während es bei der Frau und Robin Liebe auf den ersten Blick war, hatte sie sich augenblicklich in den großen Mann mit den strahlend blauen Augen verliebt.

»Jetzt sag schon, wo warst du?«

»Du glaubst nicht, was ich erlebt habe!«

»Woher soll ich wissen, ob ich dir glaube oder nicht«, maulte die Mieze. »Du sagst es ja nicht.«

»Wenn du mich einmal zu Wort kommen lassen würdest, könnte ich es dir erzählen«, verteidigte der Kater sich.

»Na, dann mach!«

»Zuerst möchte ich unsere Menschen begrüßen, danach werde ich es dir verraten.«

Nachdem Robin sich seine Streicheleinheiten und ein paar Leckerlies von den Zweibeinern abgeholt hatte, verkrümelten Minky und er sich aufs Bett.

Die Mieze leckte ihrem Gefährten einmal zärtlich über die Ohren und Robin begann zu erzählen:

»Du erinnerst dich an den fantastischen Regenbogen, den wir vor ein paar Tagen gesehen haben?«

»Natürlich! Er war einfach wundervoll. So viele, leuchtende Farben habe ich bisher bei keinem gesehen.«

»Nun, ich lief, um das Ende zu suchen. Es heißt ja, dass am Ende eines Regenbogens eine Truhe mit Gold vergraben sei. Ich hatte mir überlegt, dass unsere lieben Zweibeiner sich bestimmt darüber freuen würden. Also rannte ich los. Ich musste mich beeilen, weil ich bei ihm sein musste, bevor er wieder verschwand. Und ich erreichte ihn tatsächlich! Das heißt dessen Ende. Was dann geschah, ist einfach unglaublich! … «

»… Hast du das Gold etwa gefunden?«, unterbrach Minky ihn.

»Das nicht, aber etwas viel Besseres, warte mal ab. Ich trat unter die bunten Lichtstreifen und plötzlich tauchte ich in einer fremden Welt auf. Ein unwirkliches Licht hüllte die Landschaft in einen goldenen Schimmer. Es war angenehm warm und saftiges, grünes Gras wogte sanft in einer leichten Brise. Zwei pechschwarze, riesige Katzen mit weißem Lätzchen und ebensolchen Pfoten nahmen mich in Empfang. Zuerst hatte ich Angst vor ihnen, so große Artgenossen hatte ich noch nie zuvor gesehen. Doch sie begrüßten mich freundlich und nahmen mich in ihre Mitte. Sie führten mich zu einer ebenso großen wie schönen Katze. Diese hatte ein schwarz-golden gestreiftes Fell, wie das einer Tigerin, und strahlend gelbe Augen. Meine beiden Begleiter forderten mich auf mich niederzulegen und zu verneigen. Erst als die Schöne das Wort an mich richtete, durfte ich mich wieder erheben. Sie winkte meine Begleiter fort und sagte: »Sei mir Willkommen, Robin. Sag, wie ist es dir gelungen, in das Reich der Goldenen Wiesen zu gelangen?«

Ich war überrascht, dass sie meinen Namen kannte und erzählte ihr von dem Regenbogen.

»Das ist ein geheimes Portal, von dem nur ganz Wenige wissen. Dass du es entdeckt hast, zeigt mir, dass du ein ganz besonderer Kater bist. Du musst wissen, ich bin Marla, die Katzengöttin. Hierher gelangt man normalerweise nur, wenn sich der Kreis des Lebens schließt. Hier können sich alle

Samtpfoten von der Last auf Erden erholen. Wir versorgen, wenn nötig, ihre Wunden und Verletzungen und geben ihnen, wenn sie es wünschen, neue Pelzchen.«

Ich war zuerst einmal sprachlos. Dann sagte ich: »Ich habe noch nie von dir und deinem Reich gehört. Es ist mir eine große Ehre dich kennenzulernen.«

»Das ist nicht verwunderlich. Du befindest dich in deinem ersten Leben. Erst wenn dies zu Ende geht, wirst du das Reich der Goldenen Wiesen im Regenbogenland wieder betreten. Du kannst dann so lange hierbleiben, wie du möchtest. Kehrst du irgendwann auf die Erde zurück, wird dir die Erinnerung an dieses Land genommen. Lediglich die *Alten* verfügen über das Wissen dass es dieses Reich gibt. Nur sie tragen die Kenntnisse darüber in ihrem Gedächtnis und können es so auch mit auf die Erde nehmen.«

»Sag mir, bitte, sind alle Katzen hier so groß und wer sind diese Alten, wie du sie nanntest?«

»Ja, alle Katzen sind hier bedeutend größer, als in deiner Welt und eine jede hat ihre ganz persönlichen Fähigkeiten. Es gibt *Lese*katzen, *Dichter*katzen, *Wächter*katzen und viele mehr. Die sogenannten *Alten* verfügen über eine große Weisheit, Erfahrungen und Einblicke in Dinge, die anderen Katzen verborgen bleiben.

»Kannst du mir sagen, was ich für eine Katze bin?«

»Nein, das kann nur meine Schwester Deya. Sie verfügt als Einzige über unzählige magische Fähigkeiten. Sie wird dir die deinen sagen.«

Als Deya sich zu ihnen gesellte, rutschte mir erstaunt heraus: »Du hast fast die gleiche Fellzeichnung, wie meine Freundin Minky!«

Deya lachte. »Ja, so etwas gibt es. Doch nun schau mir in die Augen, Robin.«

Ich versank in ihrem Blick. Ich weiß nicht, wie lange dieser Augenkontakt dauerte, aber als wir uns wieder voneinander lösten, war mir ganz schwummerig.

»Entschuldige bitte, kleiner Kater, dass es so lange gedauert hat aber ich wollte ganz sicher sein, wegen dem, was ich sah.«

»Was … was hast du denn gesehen, wenn ich fragen darf?«

»Natürlich darfst du das«, schmunzelte Deya und warf ihrer Schwester einen Blick zu, den ich nicht zu deuten wusste. Als die Katzengöttin nickte, fuhr Deya fort: »Du, Robin, hast unsagbar viele Fähigkeiten und auch magische Kräfte. Du verfügst über das große Wissen. Auch zählen das Beschützen und die Fürsorge anderer Lebewesen gegenüber dazu. In dir schlummert zudem eine große Portion Abenteuer- und Entdeckungslust, Mut und Gerechtigkeitssinn. Das, was alles in dir ruht, habe ich erst ein einziges Mal bei einer Katze gesehen und das ist sehr, sehr lange her.«

»Oh!«, war das Einzige, was mir dazu einfiel. Dann traute ich mich, eine Frage zu stellen, die mir auf dem Pelz brannte: »Und was heißt das nun für mich? Bin ich eine Beschützerkatze oder etwas anderes?«

»Du, kleiner Freund, gehörst zu den *ganz, ganz Alten!*«

»Uiii! Ähm … ich weiß gar nicht, was ich sagen soll. Mit einer solch hohen Benennung habe ich nicht gerechnet! Aber … wieso sind mir meine ganzen Fähigkeiten, bis auf wenige, bisher verborgen geblieben?«

»Alles hat seine Zeit. Dein Wissen und deine Kenntnisse sind in dir und werden sich dir nach und nach offenbaren.

Für kurze Zeit trat Stille ein. Robin musste das Gehörte erst einmal verdauen. Dann fragte er: »Darf ich meiner Freundin Minky davon erzählen?«

Marla und Deya kicherten. »Ja, du hast den Status und das Vorrecht dazu; doch verrate es nicht jedem!«

»Darf ich Minky auch einmal mit hierher bringen?«

»Du und deine kleine Freundin seid uns jederzeit willkommen. Allerdings ist an deinen Titel auch eine kleine Bedingung geknüpft«, fuhr Marla fort.

»Sollten wir einmal deine Hilfe benötigen, musst du umgehend bei uns erscheinen!«

»Das will ich gerne tun, aber … wie erfahre ich, dass ihr mich braucht und wie gelange ich auf die Goldenen Wiesen, wenn es keinen Regenbogen gibt?«

»Ich schicke dir einen Traum und werde dich kurz darauf abholen. Ich denke, für heute ist es genug oder hast du noch eine Frage?«

»Kann ich dich denn auch rufen, wenn ich deine Hilfe brauche oder dich besuchen möchte?«

»Das kannst du, indem du ganz fest an Deya oder mich denkst. Möchtest du noch etwas wissen?«

»Ja, eines wüsste ich gerne noch: Leben alle Artgenossen hier, an diesem Platz?«

»Nein. Manche haben sich ihre neue Heimat in den Bergen, den Steppen oder am Meer gesucht. Wenn du keine weiteren Fragen hast, wirst du jetzt zu einem Portal geleitet, durch das du wieder auf die Erde gelangst. Bis zu unserem nächsten Wiedersehen wünsche ich dir viel Glück und eine schöne Zeit. Leb wohl, Robin.«

»Habt vielen Dank und auf Wiedersehen!« Ich verbeugte mich vor den beiden Katzen und die zwei Schwarzen brachten mich zu einer Höhle, von wo aus ich wieder die Erde erreichte. Allerdings kam ich etwas weiter entfernt an und musste fast zwei Tage laufen, bis ich wieder hier war.«

Eine ganze Weile blieb es still zwischen Robin und Minky. Die Mieze hatte voller Spannung der Geschichte gelauscht. Nun maunzte sie kurz und schmiegte sich an ihren Gefährten. »Wirst du denn auch weiterhin bei mir und unseren Menschen bleiben oder muss ich damit rechnen, dass du eines Tages für immer dort im Regenbogenland bleibst?«, fragte sie und in ihrer Stimme klang große Traurigkeit mit.

»Natürlich komme ich immer wieder zurück! Was denkst denn du? Aber ich freu mich schon darauf, dir die Goldenen Wiesen eines Tages zu zeigen.«

Große Katzen, treue Freunde

In den folgenden Tagen verhielt Minky sich ausnehmend liebevoll Robin gegenüber. Der Kater war etwas verunsichert. So kannte er seine kleine Gefährtin gar nicht. Eigentlich zankte sie sich eher mit und war ihm. So er nutzte die Gunst der Stunde und sie spielten fröhlich miteinander und strolchten gemeinsam durch die Gärten der Nachbarschaft. Regelmäßig brachten sie ihren Menschenfreunden auch kleine Geschenke mit. Mal war es ein Vogel, mal eine besonders schöne, wohlgenährte Maus. Diese hätte Minky zwar lieber für sich behalten, aber sie hatte sich vorgenommen ein wenig umgänglicher zu werden. Sie arbeitete tüchtig an ihren guten Vorsätzen. Dazu zählte auch eine ganz bestimmte Unart von ihr. Diese betraf ihre nächtlichen Kratzattacken, die sie einzuschränken versuchte. Mit der Betonung auf *versuchte*! Sobald sie nämlich ein wenig Hunger verspürte oder wenn es ihr nach Streicheleinheiten gelüstete, kratzte sie wie ein wildgewordener Handfeger an dem Kopfteil des Polsterbettes, in dem ihre Menschen schliefen. Dass sich in dem Bezug bereits ein Loch befand störte sie nicht und es war auch keine Bosheit von ihr, die Zweibeiner auf diese Art aus dem Schlaf zu reißen. Sie wollte eben lediglich einen kleinen Haps Futter oder gestreichelt werden. Naja, außerdem, das gab sie zu, war es immer ergötzend, wenn sich einer der Beiden unter ihrer gemütlich warmen Decke hervorschälte und schlaftrunken durch den Flur in die Küche stolperte.

Eines Nachts, gut drei Monate nach Robins Abenteuer hinter dem Regenbogen, erschien dem Kater die Katzengöttin im Traum. »Sei gegrüßt, kleiner Kater«, weckte sie ihn.

»Auch ich grüße dich, edle Marla. Kann ich etwas für dich tun?«

»Ja, Robin, aus diesem Grund erscheine ich dir. Wir brauchen deine Hilfe, hier auf den Goldenen Wiesen.«

»Wie kann ich zu dir gelangen?«

»Geh in euren Garten. Ich schicke dir einen Regenbogen und bitte, bring auch Minky mit.«

»Mitten in der Nacht einen Regenbogen? Toll! Aber ich weiß nicht, wo Minky sich im Moment aufhält.«

»Du wirst sie gleich entdecken«, lachte die Katzengöttin. »Sie sitzt auf dem Rasen und blickt staunend auf den Regenbogen.«

»Kannst du bitte unseren Menschen einen Traum schicken, in dem du ihnen erklärst, dass wir weg mussten aber bald zurück seien? Sie machen sich doch sonst Sorgen!«

»Das habe ich bereits getan; und nun komm!«

Eilig sprang Robin von dem Sofa und flitzte zur Tür hinaus. So wie Marla es gesagt hatte, hockte

Minky auf dem Rasen und starrte wie hypnotisiert auf den Regenbogen.

»Robin! Gut, dass du kommst«, empfing sie ihn. »Hast du so etwas schon mal gesehen? Ein farbiger Lichtbogen mitten in der Nacht! Ich kann es gar nicht glauben!«

»Glaub es nur. Komm mit. Die Katzengöttin erwartet uns.«

»Hat sie ihn uns geschickt? Und wieso eigentlich *uns*? Heißt das, dass ich mit darf?«

»Ja. Sie hat es ausdrücklich erwähnt.«

»Ach herrje! Wie sehe ich denn aus? Habe ich noch Zeit, mich ein wenig herzurichten?«

»Nein, hast du nicht.«

»Wie sehe ich denn aus?« Minky war nervös und ihr Schwanz peitschte unkontrolliert hin und her.

»Bezaubernd, wie immer«, grinste Robin und verschwieg, dass sich auf ihrem Rücken noch ein paar Blüten befanden. »Komm jetzt. Wir müssen los!«

Die beiden Katzen traten unter den Regenbogen und bereits einen Augenblick später wurden sie von den beiden schwarzen Riesenkatzen in Empfang genommen und zu Marla geführt.

Zum Glück hatte Robin sie auf die Größe der Artgenossen vorbereitet. Ansonsten wäre Minky wohl bei deren Anblick vor Schreck in Ohnmacht gefallen.

»Seid willkommen, Robin und Minky. Ich danke euch, dass ihr meinem Ruf so schnell gefolgt seid;

und Blumen hast du mir auch mitgebracht«, wandte Marla sich schmunzelnd an Minky und spielte damit auf die Blüten auf ihrem Rücken an.

Eingeschüchtert murmelte Minky: »Bitte verzeiht, Majestät, es ging alles so schnell.« Dann drehte sie sich zu Robin und flüsterte vorwurfsvoll: »Du hast doch gesagt, dass ich gut aussehe!«

Der Kater feixte: »Tust du ja auch!«

Marla lachte. »Ich freu mich jedenfalls, jetzt auch dich kennenzulernen, kleine Minky.«

»Ich danke euch für die große Ehre, die ihr mir zuteilwerden lasst, indem ich eure Bekanntschaft machen darf.«

Ups! Was war das denn? Woher wusste seine kleine Gefährtin sich so gewählt auszudrücken? Robin war perplex.

»Wie ich bereits in dem Traum erwähnte, den ich Robin schickte, brauchen wir eure Hilfe.«

Gespannt sahen die beiden Katzen zu Marla auf.

»Robin, für dich geht es um Folgendes: Vor ein paar Tagen kam ein kleiner Kater zu uns. Er war, und ist es immer noch, unheimlich verstört. Wir wissen nicht, wie er heißt, da er nicht mit uns spricht und verweigert jegliche Nahrung. Er hat sich ein geschütztes, etwas abseits gelegenes Plätzchen gesucht und schaut nur traurig vor sich hin. Selbst unsere Heilerkatzen, die über ein immenses Wissen verfügen, finden keinen Zugang zu ihm. Daher möchte ich dich bitten, dass du es einmal versuchst. Um ehrlich zu sein, bist du unsere letzte Hoffnung. Mit deiner geduldigen und einfühlsamen Art, könnte es dir vielleicht gelingen, dich ihm anzunähern.«

»Ich will es gerne versuchen doch wo hält er sich genau auf?«

»Kara, eine unserer besten Heilerkatzen, wird dich zu ihm führen.«

»Ich mache mich sogleich auf den Weg!«

»Warte noch kurz. Du sollst hören, welche Aufgabe ich für Minky habe.« Während die Katzengöttin sprach, hörte die kleine Katze dieser aufmerksam zu.

»Vor zwei Tagen verschwand Alizia, die Partnerin von Mika, spurlos. Wir befürchten, dass sie entführt wurde.«

»Habt ihr jemand Bestimmtes in Verdacht?«, wollte Minky wissen.

»Ja, wir haben zwar keine Beweise, aber wir denken, dass es Pablo war, da auch der nicht aufzufinden ist.«

»Gab es Streit zwischen Mika und Pablo?«

»Ja. Die beiden konnten sich von der ersten Minute an nicht leiden. Außerdem umwarben sie zeitgleich Alizia. Ganz schlimm wurde es dann zwischen den Katern, als Alizia sich für Mika entschied. Wir vermuten, dass Pablo sie an einem seiner bevorzugten Aufenthaltsorte versteckt hält. Das können die Berghöhlen oder aber auch die Felsgrotten nahe des Meeres sein.«

»Dann ist Pablo eine Meerkatze?« grinste Minky albern.

Marla warf der kleinen Katze einen Blick zu, bei dem Minky am liebsten im Boden versunken wäre. »Ich gehe mal davon aus, dass du weißt was eine *Meerkatze* ist?«, fragte sie verächtlich.

»Ja, natürlich. Ich bitte um Entschuldigung«, flüsterte Minky eingeschüchtert. Dass ihr aber auch immer wieder so ein dummer, und oft unpassender, Spruch herausrutschte. Und wer war schuld daran? Klarer Fall: Ihr männlicher Zweibeiner. Von ihm hatte sie es sich angewöhnt.

»Majestät! Majestät!« Eine riesengroße Krabbe kam herangeschaukelt. So groß, wie eine Suppenschüssel. Minky sprang entsetzt zurück.

»Was hast du denn so Wichtiges mitzuteilen, dass du mich in der Unterredung mit unseren Gästen störst?«, fragte die Katzengöttin unwirsch.

»Bitte verzeiht aber ich habe eine Spur entdeckt«, hechelte die Krabbe noch völlig außer Atem.

»Zorro! Wehe dir, wenn es nicht wirklich wichtig ist!«

Robin kicherte. Eine Krabbe, die Zorro hieß! Einfach köstlich.

»Ihr sucht doch nach Alizia. Ich habe eine Spur am nördlichen Ufer des Südmeeres gefunden. Es tut mir leid, dass ich erst jetzt zu euch komme. Ich bin so schnell gekrabbelt, wie ich nur konnte.«

»So weit bist du gelaufen? Du musst ja vollkommen erschöpft sein! Warum hast du denn nicht eine der Botenkatzen gerufen?«

»Zum einen habe ich keine gesehen und zum anderen: Sie haben doch alle Angst vor mir, dass ich sie zwicken könnte.«

»Die Nachricht ist für uns sehr wertvoll! Ich danke dir, Zorro. Nun geh zu Erika. Die Küchenkatze wird dir etwas zu essen geben und dir eine Stelle zeigen, wo du dich ausruhen kannst.« Dann wandte sie sich wieder Minky zu. »Jetzt sind deine Schnelligkeit, dein Spürsinn und deine Erfindungsgabe gefragt. Mika wird dich dorthin begleiten, wo Zorro die Spuren entdeckt hat. Hast du noch eine Frage?«

»Ja. Sogar zwei. Die Erste wäre: Werde ich die gleiche Größe wie die anderen Katzen hier erhalten?«

»Nein, Minky. Diese Größe erhältst du erst, wenn dein irdisches Leben vorüber ist. Und wie lautet deine zweite Frage?«

»Naja, Robin erzählte mir von deiner Schwester Deya«, druckste Minky herum. »Ist sie vielleicht hier? Ich ... ich würde zu gerne wissen ... was *ich* für eine Katze bin.« Schüchtern senkte sie ihren Kopf.

Marla schmunzelte. »Auch dies muss ich verneinen. Deya ist mit einem besonderen Auftrag unterwegs; aber ich denke, dass du sie noch kennenlernen wirst, bevor ihr in die Menschenwelt zurückkehrt.« Dann richtete sie ihren Blick auf jemanden hinter Minky. »Mika, ich grüße dich! Hast du gehört, was Zorro berichtet hat?«

»Das habe ich«, ertönte eine tiefe Stimme hinter Minky. Als diese sich umdrehte, blieb ihr fast das Herz stehen. Ein riesiger Kater, etwa sechs Mal so groß wie sie selbst, schaute freundlich auf sie herab. Sein pechschwarzes Fell glänzte in der Sonne und seine smaragdgrünen Augen zwinkerten ihr zu. »Hallo Minky, ich freue mich, dich kennenzulernen. Wenn du soweit bis, können wir aufbrechen. Es ist ein weiter Weg, der vor uns liegt.«

Boh! Was für ein Kater! Wieso konnte ihr ein solches Prachtexemplar nicht in ihrer Welt begegnen?

»Danke für das Kompliment. Ich finde dich aber auch unheimlich niedlich«, schmunzelte Mika.

Wenn Katzen rot werden könnten, würde die kleine Katze jetzt leuchten wie eine Mohnblume. Konnte der etwa Gedankenlesen?

»Ja, das kann ich.« Mikas Grinsen wurde breiter. »Aber mach dir nichts draus, du gewöhnst dich schnell daran.«

Auch Robin war erstaunt, als er Kara sah. Sie war sein absolutes Ebenbild. Nur eben ein paar Nummern größer. Der untere Teil ihrer Gesichter war ebenso weiß wie ihr Brust- und Bauchfell und die Beine. Der Rest ihrer Körper hatte eine feine schwarzgraue Zeichnung. »Wenn ich dich ansehe, kommt es mir vor, als blicke ich in einen Spiegel«, murmelte er.

»Mir geht es genauso. Wir könnten Zwillinge sein oder wenigstens Geschwister. Komm, Robin, lass uns aufbrechen.«

Rasch verabschiedeten die Katzen sich von Marla und machten sich in verschiedene Richtungen auf den Weg.

»Viel Glück und passt gut auf euch auf!«, rief die Katzengöttin ihnen noch nach, als sie Seite an Seite mit ihren Führerkatzen davoneilten.

Robin war gespannt, was ihn erwartete. Bevor er jedoch das Sorgenkind erreichte, wartete noch eine Überraschung auf ihn. Kara und er waren noch nicht lange unterwegs, als plötzlich ein riesiger roter Kater aus dem Gebüsch sprang, welches den Weg säumte. Fröhlich kichernd baute er sich vor ihnen auf.

»Na, habe ich euch erschreckt?«

Kara lachte. »Tut uns leid Garry, aber wir haben so etwas schon vermutet. Wir haben das Knacken der Zweige längst gehört.«

»Schade«, seufzte der Rote. »Schon wieder! Ich werde das Anschleichen wohn nie lernen.« Er begrüßte die Heilerkatze mit einem Nasenküsschen und wandte sich dann ihrem Begleiter zu. Plötzlich stutzte er. »Das gibt es doch gar nicht! Robin?«

»Jaaa?«, der Kater war irritiert. Woher kannte dieser Rote seinen Namen?

»Na, erkennst du mich denn nicht? Ich bin es doch, Garfield!« Der Kater klang enttäuscht.

»Garfield??? Mein Freund aus Jugendtagen?«

»Genau der! Hier heiße ich aber *Garry*. Der Name *Garfield* klang doch einfach zu blöd!« Ungestüm schlappte er seinem ehemaligen Kumpel über dessen Gesicht.

Robin hatte das Gefühl in einem großen nassen Handtuch zu versinken und wehrte sich. »Hör auf damit. Du ertränkst mich ja!«

»Entschuldige bitte, aber … wieso bist du noch so klein?«

»Weil ich noch nicht gestorben bin. Erst dann werde ich so groß sein wie ihr.«

»Du führst noch dein irdisches Leben? Aber was machst du dann hier und wie bist du hierhergekommen?«

»Ich störe nur ungern eure Wiedersehensfreude aber wir müssen weiter. Ihr werdet später noch Zeit genug haben, euch zu unterhalten«, mischte Kara sich ein.

»Warum habt ihr es denn so eilig?«

»Wir sind im Auftrag der Großen Katzengöttin unterwegs.«

»Ufff! Ja, dann bis später. Doch bitte, eine Frage habe ich noch: Wie geht es meinen ehemaligen Zweibeinern?«

»Ganz gut. Hin und wieder telefonieren unsere Menschen mit ihnen. Du musst wissen, dass wir nicht mehr in dem Haus wohnen. Doch jetzt müssen wir weiter. Bis bald, Garry.«

»Bis bald, alter Freund. Schön, dass du hier bist!«

Schweigsam lief Robin neben Kara her. In Gedanken versunken erinnerte der Kater sich an die gemeinsame Zeit mit Garry. Damals wohnten sie im selben Haus. Garry unten und Robin und Minky in der ersten Etage des Zweifamilienhauses. Die beiden Kater freundeten sich rasch an und eine herrliche Zeit begann für sie. Sie tollten gemeinsam durch den Garten, fochten spielerische Kämpfe aus, sogar Garfields Futter teilten sie sich, um anschließend in dem breiten Bett seiner Zweibeiner ihr Schläfchen zu halten. Eines Tages jedoch wurde Garry krank. Hätten seine Menschen noch die Meinung eines zweiten Arztes eingeholt, hätte er vielleicht gerettet werden können. Doch als sie dies taten, war es bereits zu spät. Garfield musste eingeschläfert werden, damit er von seinen Schmerzen erlöst wurde. Lange Zeit war er, Robin, unsagbar traurig, hatte er sich doch nicht einmal von seinem Freund verabschieden können. Umso mehr freute er sich jetzt, dass er Garry nun hier wiedergetroffen hatte. Ach, sie hatten sich so viel zu erzählen. »Seid ihr beiden zusammen?«, brach der Kater nach einer Weile das Schweigen.

»Ja, seitdem er hier ankam. Damals benötigte er meine Hilfe. Er hatte ein schlimmes Krebsgeschwür in seinem Mäulchen und konnte kaum etwas fressen. Doch er war ein geduldiger Patient und bald schon ging es ihm wieder gut.«

»Das ist schön. Ich habe ihn sehr vermisst«, murmelte Robin.

»Ich weiß. Er hat oft von dir erzählt. So, wir haben unser Ziel erreicht. Siehst du dort drüben die Laubhütte? Dorthin hat unser Gast sich zurückgezogen. Von hier an gehst du alleine weiter. Ich werde hier auf dich warten und wenn du mich brauchst, rufe einfach nach mir.«

Langsam ging Robin in Richtung der Hütte. Er sah sich um und stellte fest, dass der Kater sich einen sehr schönen Platz ausgesucht hatte. Auf der einen Seite erstreckte sich ein kleiner Wald, auf der anderen eine herrliche Blumenwiese, durch die fröhlich ein Bächlein plätscherte. Ein paar Katzensprünge von der Behausung entfernt legte Robin sich ins Gras und ließ die Laubhütte nicht aus den Augen.

»Hallo?«, rief er nach einer Weile leise. »Hallo, Katerchen, bist du da? Ich bin gekommen, weil ich deine Bekanntschaft machen und dir helfen möchte.« Obwohl er es aus der Hütte rascheln hörte, ging er nicht näher heran. Stunde um Stunde verharrte Robin in dieser Position. Die Sonne schien und hüllte ihn mit ihrer Wärme ein. Er musste aufpassen, dass ihm nicht die Augen zufielen. Endlich, am frühen Nachmittag erschien ein Köpfchen im Eingang der Hütte.

»Wer bist du?«, fragte der Kater zaghaft.

»Ich heiße Robin. Und du?«

»Simi.«

»Ich freue mich, dich kennenzulernen, Simi.«

»Was willst du von mir?« Ängstlich schaute der Kater Robin an.

»Nun, wir machen uns alle Sorgen um dich. Weswegen hast du dich hierher zurückgezogen?«

»Wieso machen sich alle Sorgen um mich? Sie kennen mich doch gar nicht.«

»Das lässt sich ganz leicht ändern«, lächelte Robin. »Deine Artgenossen hier sind alle unsagbar freundlich.«

»Ich habe Angst!«

»Wovor?«

»Vor der großen gestreiften Katze, die mich anfangs begrüßt hat und … dass mich alle anstarrten und über mich lachen.«

»Die Katze mit den goldenen Streifen ist die Katzengöttin Marla. Sie ist herzensgut und sie war es auch, die mich gerufen hat, damit ich dir helfe. Und … warum sollten die anderen Katzen über dich tuscheln und dich auslachen?«

Da trat Simi aus der Hütte. Überrascht starrte Robin ihn an. »Wo hast du denn dein Fell gelassen?«, fragte er erstaunt.

»Siehst du! Du lachst auch über mich«, klang es traurig zu Robin herüber und Tränen kullerten aus Simis Augen. Er drehte sich um und verschwand wieder in der Hütte.

Robin erhob sich und ging näher heran. »Ich habe dich nicht ausgelacht!«, stelle er richtig. »Ich habe mich nur gewundert, wo dein Pelzchen ist, weil ich so eine Katze wie dich noch nie zuvor gesehen habe.«

»Ich habe keins. Ich bin eine Nacktkatze. Und ich habe mir diesen abgelegenen Platz ausgesucht, weil mir die wärmenden Sonnenstrahlen so gut tun.«

»Nun, ich denke, dass es den anderen Katzen ebenso ging wie mir. Wir haben alle noch keine Nacktkatze gesehen. Aber, ich kann mir vorstellen, dass du hier ein Pelzchen bekommen kannst.«

»Meinst du? Das wäre schön! Du musst wissen, dass ich, seit ich denken kann, furchtbar friere.«

»Dann bist du eine Stoppelkatze?«

»Ja, so sagt man wohl. Ich bin im vergangenen Herbst geboren. Da war es schon so kalt und dann kam der Winter ...«

»Dann bist du noch sehr jung«, stellte Robin fest. »Nicht weit von hier wartet eine Heilerkatze auf mich. Wenn du willst, können wir sie ja mal wegen eines Fellchens fragen.«

»Ja, bitte. Tu das.«

»Darf ich sie holen?«

»Das muss ich wohl in Kauf nehmen.«

Robin ging zu Kara und erzählte ihr von Simis Problem.

»Natürlich kann er ein Pelzchen bekommen«, bestätigte sie. Kara war erleichtert und froh, dass Robin es geschafft hatte, das Vertrauen des neuen Artgenossen zu erringen. Gemeinsam gingen sie zu dem unglücklichen Kater.

»Hallo, Simi, ich bin Kara. Wenn du willst, nehme ich Maß an dir und besorge dir ein Fellchen«, sprach ihn die Heilerkatze freundlich an. »Welche Farbe hättest du denn gerne?«

»Das darf ich mir aussuchen?« Simi war verblüfft.

»Natürlich! Wir haben in der Schneiderwerkstatt alles vorrätig. Schwarz, weiß, getigert, rot, grau und so weiter.«

»Tja, ich glaube, ich hätte gern ein Silbergraues.«

»Gut. Dann messe ich dich eben aus. Schließlich soll es dir ja auch passen.« Als Kara dies erledigt hatte, sagte sie: »Ich bin bald zurück. Robin wird dir derweil Gesellschaft leisten.« Damit verschwand die Heilerkatze geschwind.

»Die war aber nett«, staunte der Kater.

»Magst du mir erzählen, was dir widerfahren ist und was dich hierher verschlagen hat?«, fragte Robin.

»Ich weiß gar nicht wo ich hier bin und wie ich hierhergekommen bin.«

»Du bist hier auf den Goldenen Wiesen im Land hinter dem Regenbogen. Alle Katzen, die ihr irdisches Leben beenden, gelangen hierher. Hier werden ihre Wunden geheilt und ihre Pelzchen repariert. Sie können sich hier erholen und so lange bleiben, wie sie wollen. Manche kehren sogar niemals wieder auf die Erde zurück. Auch braucht hier niemand Hunger zu leiden. In den Bächen wimmelt es von Fischen und die Mäuse sind schmackhaft und wohlgenährt.«

»Das hört sich alles wunderbar an.« Simi bekam große Augen. Dann verdunkelte sich sein Blick. »Mir ging es auf der Erde auch gut. Meine Menschen versorgten mich mit gutem Futter und spielten mit mir. Auch Streicheleinheiten bekam ich ausreichend. Doch ich musste immer drinnen in der Wohnung bleiben. Dabei war ich doch so neugierig, was es draußen zu sehen gab! Nun, eines Tages vergaß die Mutter meiner Menschenfrau die Balkontür zu schließen und so konnte ich entwischen. Ach, es war herrlich und ich wollte diese neue Freiheit auskosten aber es war bitter kalt. Trotzdem erkundete ich den Garten und mogelte mich durch die Hecke zum Nachbargrundstück. Herrliche Düfte strömten mir aus dem Haus entgegen und umschmeichelten meine Nase. Was es da wohl Gutes zu essen gab? Schließlich entdeckte ich ein auf

Kipp stehendes Fenster und zwängte mich hindurch. Auf der anderen Seite ließ ich mich fallen und fand mich in einem Kellerraum wieder. Doch leider war dieser leer. Da war außer den kahlen Wänden und dem kalten Betonboden nichts. Gar nichts. Keine alte Decke, kein Kissen oder eine Holzkiste. Das Fenster lag sehr hoch und ich konnte nicht hinaufspringen. Ich mauzte so laut ich konnte. Vor allem, als ich die Rufe meiner Menschen hörte. Sie suchten mich, konnten mein Miauen jedoch nicht hören. So verging ein Tag nach dem anderen. Ich war so hungrig und durstig und mir war sooo kalt. Irgendwann spürte ich die eisige Kälte jedoch nicht mehr und schlief ein. Das nächste, was ich sah, war die große Katze. Den Rest kennst du.«

Robin war tief erschüttert von dem Schicksal des Katers. Er tat ihm so unsagbar leid. »Bald brauchst du nicht mehr zu frieren. Warte nur ab, bis du deinen Pelzmantel hast. Im Sommer, wenn die Temperaturen steigen, wirst du dir sogar manches Mal wünschen, dass du dein Fell ablegen könntest«, grinste Robin. Doch Simi war überglücklich über sein neues Fell. Es war silbergrau, wie er es sich gewünscht hatte und etwas länger. Dadurch wurde sein Gesicht wunderbar umrahmt, so dass es wie eine Löwenmähne wirkte.

»Darf ich dich etwas fragen?«
»Nur zu!«, ermunterte Robin ihn.

»Wie kommt es, dass hier alle Katzen so groß sind, du aber so klein?«

»Das ist eine lange Geschichte aber ich will sie dir gerne erzählen. Wir haben ja Zeit. Kara wird bestimmt nicht sobald zurück sein.«

Während Robin und Simi es sich im hohen Gras gemütlich machten und die Nachmittagssonne sie wärmte, erfuhr der Nacktkater die Geschichte seines Artgenossen.

Schließlich verabschiedete Robin sich von ihm, um seinen Freund Garry zu suchen. Sie unterhielten sich lange und tollten ein wenig herum. Da kam Robin eine Idee. »Garry, ich habe eine Bitte an dich«, begann er.

»Was kann ich für dich tun?«

»Ich habe dir doch von Simi erzählt. Kannst du dich bitte ein wenig um ihn kümmern? Ich denke, dass er hier einen Freund gut gebrauchen kann.«

»Das tue ich gerne«, brummte Garry. »Am besten läufst du gleich los und bringst ihn hierher. So können wir uns schon jetzt kennenlernen.«

Erleichtert eilte Robin davon und kam wenig später mit Simi zurück. Schüchtern betrachtete dieser den großen roten Artgenossen. Doch es dauerte nicht lange und er verlor seine Scheu. Vergnügt tobten die drei herum und Garry brachte seinem neuen Freund jeglichen Schabernack bei. »Nur mit den Küchenkatzen darfst du es dir nie verscherzen!«, sagte Garry mit strengem Blick.

»Weshalb?«, fragte Simi leicht verwundert.

»Das, mein Freund, wirst du noch früh genug erfahren«, grinste der rote Kater schelmisch.

Unterdessen liefen Mika und Minky immer weiter Richtung Süden.

»Für eine Katze deiner Größe bist du ganz schön schnell und hast ein gutes Durchhaltevermögen«, bemerkte Mika überrascht.

»Ich muss ja mit dir schritthalten«, keuchte Minky, aber das Lob freute sie.

»Lass uns eine Pause machen. Wir haben schon eine gute Strecke des Weges geschafft.«

»Gut, wenn du meinst.« Minky war erleichtert aber um nichts in der Welt hätte sie zugegeben, wie erschöpft sie war.

»Hast du Hunger?«

Ach ja, da war doch was!

»Ich fang uns mal rasch zwei Mäuslein!« Mika verschwand und kam nur wenig später zurück. Die Mäuse schmeckten köstlich und im Nu waren sie verputzt.

»Was für ein Kater bist du eigentlich?« Als Mika sie fragend ansah, korrigierte sie sich. »Ich meine, welchen Titel hast du?«

»Ach so. Ich bin eine *Botenkatze*. Dazu muss man schnell und ausdauernd sein und über sehr gute Gebietskenntnisse verfügen. Und du?«

»Ich weiß es noch nicht. Deya war nicht da, als wir ankamen. Ich hoffe, dass ich sie noch treffe, bevor wir zurück in unser gewohntes Leben müssen. Aber Robin hat den Titel eines sehr, sehr Alten.«

Mika staunte. »Davon gibt es nicht viele.« Dann fragte er: »Seid ihr ein Paar du und Robin?«

»Nein, das nicht, aber wir verstehen uns sehr gut und sind … Freunde. Und was ist mit dir und Alizia? Seid ihr schon lange zusammen?«

»Ja. Wir waren noch ganz klein, als wir uns trafen. Es war Liebe auf den ersten Blick.«

»Habt ihr, ich meine, hattet ihr Junge?«

»Ja, sogar zwei Mal. Jedes Mal waren es vier bezaubernde Babys.«

»Und jetzt sind sie elternlos«, seufzte Minky betrübt.

»Nein, sie waren schon groß, als das Unglück geschah und gingen ihrer eigenen Wege.«

»Was war das für ein Unglück, das euch widerfahren ist. Magst du darüber reden?«

»Ja, es ist schon lange her. Wir tollten herum und Alizia lief blindlinks auf eine Straße. Sie war so vertieft in das Spiel, dass sie den Lastwagen weder sah noch kommen hörte. Ich rannte noch zu ihr, um sie zu warnen aber es war zu spät. So erwischte er uns beide.«

»Das ist eine traurige Geschichte.«

»Ach, nein, hier sind wir ja auch zusammen. Was konnte uns Besseres geschehen?«

Eine Weile dösten die beiden, dann mahnte Mika zum Aufbruch. »Hör mal, Minky, wir kommen bald an einen tiefen, breiten Fluss, den wir überqueren müssen. Es gibt keine Brücke hinüber, also müssen wir schwimmen.«

»Ach du meine Güte! Auch das noch! Ich hasse Wasser und weiß gar nicht, ob ich schwimmen kann.«

»Macht nichts. Ich nehme dich einfach Huckepack! Aber wehe du fährst deine Krallen aus!«, drohte Mika. Doch sein Grinsen nahm seinen Worten die Schärfe.

Als sie an den Fluss kamen, wurde es der kleinen Katze doch etwas mulmig.

»Pass auf, du legst dich jetzt auf meinen Rücken und hältst dich mit deinen Pfoten rechts und links fest. Du darfst auch in mein Nackenfell beißen. Alles klar?«

Minky nickte und tat wie ihr geheißen. Einen Augenblick später sprang Mika in die Fluten und paddelte los. Zum Glück dauerte es nicht lange und sie erreichten das andere Ufer. Flugs hüpfte die kleine Katze von Mikas Rücken und schüttelte sich das Wasser aus dem Fell. Das hätte sie sich allerdings sparen können, denn als der große schwarze Kater tat es ihr gleich tat, wurde sie aufs Neue völlig durchnässt. »Von hier aus ist es nicht mehr weit«, erklärte Mika und bald schon hörten sie das Geschrei der Möwen. Der Geruch nach Salzwasser lag in der Luft und Minky nieste.

Mika lachte. »Ja, die salzige Luft macht die Nase schön frei.«

»Das habe ich gemerkt«, kicherte Minky und nieste gleich noch einmal.

Nachdem die zwei einen sandigen Hügel erklommen hatten, sah Minky zum ersten Mal in ihrem Leben das Meer. Staunend blickte sie auf das gewaltige türkisblaue Wasser, auf das die Sonne glitzernde Lichter zauberte. Kleine Wellen trafen auf den Strand und hinterließen bizarre Muster auf dem Sand. Der weiße, fluffige Schaum, der an den Strand getragen wurde, verlockte die kleine Katze damit zu spielen. Das wäre bestimmt sehr lustig aber dafür war jetzt keine Zeit.

»Wir müssen weiter«, drängte Mika.

Bereits von weitem sahen sie die Felsen, die steil zum Meer hin abfielen. Ein kurzes Stück liefen sie noch auf dem weichen Strand entlang. Plötzlich lachte Mika: »Schau mal dort drüben hin«, forderte er Minky auf und deutete auf einen bestimmten Punkt auf dem Meer. »Ich wette, dass du so etwas noch nie gesehen hast!«

Mit vor Staunen offenem Mäulchen sah die kleine Katze auf das Bild, das sich ihr bot: Ein großer Schwarm bunter, riesiger Fliegender Fische zog in ihrer Nähe vorbei. Wenn sie aus dem Wasser auftauchten, verfingen sich die Sonnenstrahlen in den harfenförmigen Flügel und ließen diese in den herrlichsten Farben des Regenbogens schillern. Obwohl die Fische immer nur für wenige Sekunden durch die Luft glitten, war es ein Bild, das sich tief in Minkys Seele einbrannte. Nur schwer riss die kleine Katze sich von dem zauberhaften Anblick los. »Du hast recht, Mika. So etwas Schönes habe ich noch nie zuvor gesehen und werde es bestimmt mein Leben lang nicht vergessen.«

Als links von ihnen, auf einer Anhöhe, eine Gruppe kleiner Kiefern auftauchte, bogen sie dorthin ab. Von da aus konnten sie die Grotten in dem Felsen gut erkennen.

»Von hier an musst du alleine weitergehen«, informierte Mika seine Begleiterin. »Nun ist es von Vorteil, dass du so klein bist. Mich würde man schon von großer Weite sehen. Du bist von jetzt an auf dich alleingestellt. Meinst du, du schaffst es, herauszufinden, ob Alizia sich in einer der Höhlen befindet?«

»Davon bin ich überzeugt. Du kannst dich voll und ganz auf mich verlassen«, versicherte Minky ihrem großen Freund und sprang davon. Geduckt lief die kleine Katze auf die Felsen zu und begann hinaufzuklettern. Ihr graugetigertes Fell verschmolz mit der Farbe der Steine und gab ihr somit eine hervorragende Deckung. Über schmale Vorsprünge und breite Spalten kletterte sie immer höher. Vor jeder Höhle hielt sie vorsichtig inne und spähte hinein. Leise Alizias Namen rufend, erkundete sie die felsige Wand. Lange Zeit blieb ihr Rufen vergebens, doch plötzlich vernahm sie ein Miauen. Es kam aus einem kleinen Loch in dem Gestein. »Alizia? Alizia, bist du hier?«, flüsterte sie.

»Ja! Ich bin hier drinnen eingesperrt.«

Minky steckte ihren Kopf in das winzige Loch. Dieses war so klein, dass selbst sie nicht hineingelangen konnte. »Wie geht es dir, Alizia? Ich bin hier, um dich zu befreien!«

»Mir geht es gut. Aber wer bist du und wie kommst du hierher und woher kennst du meinen Namen?«, fragte eingeschlossene Katze mit leiser Stimme.

»Ich heiße Minky. Die Große Katzengöttin hat mich gerufen, damit ich dich befreie. Mika ist auch hier, er hat mich herbegleitet.«

»Gebt gut auf euch acht. Pablo hat mich entführt und hierher gebracht. Mit ihm ist nicht zu spaßen!«

»Wie bist du in die Höhle gelangt?«

»Oben auf dem Berg befindet sich ein schmaler Einlass, besser gesagt eine Grube, durch die hat Pablo mich viele Stufen herabgeführt. Mein Gefängnis ist durch eine Holztür versperrt.«

»Wo hält Pablo sich gerade auf?«

»Das weiß ich nicht. Er kommt zwei Mal am Tag zu mir, bringt mir etwas zu essen und umschmeichelt mich. Einfach widerlich! Aber ich habe ihn schon meine Krallen spüren lassen. Dadurch wurde er allerdings erst richtig wütend. Er ist erst vor kurzem wieder gegangen. Doch wie willst du mich befreien?«

»Ich lasse mir etwas einfallen! Versprochen!«

»Pass auf dich auf! Und wenn du Mika siehst, sag ihm, bitte, wie sehr ich ihn liebe!«

Minky sprang den Felsen wieder hinab und flitzte zu Mikas Versteck.

»Deine Frau lässt dich ganz lieb grüßen. Sie ist überglücklich dich in ihrer Nähe zu wissen.«

»Du hast sie also gefunden?« Der schwarze Kater war außer sich vor Freude. »Wie können wir sie befreien?«

»Ich habe einen Plan. Hör zu!« Minky erklärte dem Kater, was sie sich ausgedacht hatte.

»Das könnte klappen«, nickte er. »Also los!«

Aufmerksam um sich blickend machte sich Minky wieder auf, um den Berg zu erklimmen. Dieses Mal wählte sie einen kaum sichtbaren Pfad. Dieser bedeutete zwar einen Umweg aber er führte sie bequem nach oben. Auf dem Plateau angekommen, sah sie sich um. Wo könnte die Grube sein, von der Alizia gesprochen hatte? Hier gab es nur verdorrte Gräser, Steine und mitten drin eine Tanne. Eine Tanne? Minky schnüffelte den Boden ab und tatsächlich fand sie eine Spur, die verdächtig nach Kater roch und sie zu dem Baum führte. Pablo hatte die Tanne einfach in die Grube gesteckt, um den Eingang der Höhle zu verstecken. »Ideen hat der Kater ja, das muss man ihm lassen«, murmelte die kleine Katze.

Es war ein hartes Stück Arbeit, um den Baum aus dem Loch zu zerren. Er war schwer und die Nadeln piksten, doch letztendlich schaffte sie es. Flink eilte sie die Stufen hinab und stand kurz darauf vor der Holztür. »Alizia?«, rief sie leise und augenblicklich erhielt sie Antwort.

»Ja! Du hast den Eingang tatsächlich gefunden.«

»Natürlich. War gar nicht so schwierig«, grinste die kleine Katze. »Hör zu, Alizia. Die Tür ist nur mit einem einfachen Riegel verschlossen. Diesen werde ich jetzt aufhaken. Mika und ich werden Pablo ablenken. Du kannst in ein paar Minuten die Treppe nach oben huschen aber bleib noch dort. Erst wenn du unsere Stimmen hörst, rennst du so schnell du kannst fort!«

»Ich werde alles genau so machen, wie du gesagt hast! Und: Danke, Minky!«

»Gern geschehen! Jetzt muss ich aber zurück. Ich höre die Kater bereits keifen.«

Minky sauste die Stufen hinauf und den schmalen Pfad hinab. Mika und Pablo hatten sich derweil ineinander verbissen und wälzten sich fauchend auf dem Boden. Minky kam gerade noch rechtzeitig genug, um Schlimmeres zu vermeiden.

»Schluss jetzt!«, donnerte die kleine Katze. Die Ohren angelegt und das Fell aufgeplustert brüllte sie die Kämpfenden an. Sie war richtig, richtig sauer und ihre Augen sprühten Blitze.

Überrascht hielten die Streithähne inne. Als Pablo zu ihr herübersah, begann er zu lachen. »Was willst du Zwerg denn? Misch dich hier nicht ein, das ist nur eine Sache zwischen Mika und mir.«

»Der Zwerg wird dir gleich mit seinen Krallen einen Scheitel ziehen«, fauchte Minky zornig. In der Ferne sah sie Alizia geduckt davonschleichen. Gut so!

»Was willst du eigentlich, du Wurm?«

»Ich möchte zu gerne wissen, weshalb ihr hier so ein Affentheater veranstaltet. Etwa wegen dieser nutzlosen Mietze?«

Mika warf der kleinen Katze einen bösen Blick zu. Seine Augen hatten sich zu Schlitzen verengt. Was fiel Minky ein, seine Alizia dermaßen zu beleidigen? Das war so nicht abgesprochen!

Rasch nutzte Minky den Vorteil der Gedankenübertragung und versicherte Mika, dass sie das Gesagte nicht ernst meine.

»Du! Du beleidigst nicht ungestraft meine Sonne, mein Augenstern! Sie gehört mir, mir allein!« Pablo war außer sich und kam drohend auf Minky zu.

»Nur weil du ihr andere Namen gibst, wird sie dadurch noch längst nicht zu deinem Eigentum! Alizia gehört zu Mika und das weißt du ganz genau. Außerdem: Was kann sie denn schon?«, reizte Minky ihn weiter. »Ist sie vielleicht eine gute Jägerin? Oder flickt sie dir das Fell nach deinen Raufereien? Oder kennt sie sich mit Heilkräutern aus und pflegt dich, wenn du krank bist? Ich sage dir, nichts von alldem kann sie! Sie putzt sich den lieben langen Tag und das war´s auch schon. Bevor du mir das Fell gerbst überleg erst mal.«

Auf Pablos Gesicht erschien ein grüblerischer Ausdruck. Doch dann brach seine Wut wieder hervor. »Es mag sein, dass sie nicht jagen kann oder sich mit Kräutern auskennt aber das ist mir egal! Zudem putzt sie sich, um für *mich* schön zu sein! Sie ist *mein* und wird bei mir bleiben!«

Minky grinste ihren Gegner frech an. »So, so, *dein* ist sie also, und weshalb ist sie dann fortgelaufen?«

»Das ist eine Lüge!«, fauchte Pablo. »Sie sitzt in ihrer Höhle und wartet auf mich! Von dort kann es ihr nicht gelingen zu entkommen. Ich habe sie eingesperrt!«

»Da muss ich dich korrigieren«, feixte Minky. »Sie *saß* in der Höhle, in der du sie eingesperrt hattest, bis ich sie befreit habe. Mittlerweile müsste sie schon ein ganzes Stück von hier entfernt sein. Wie ich es gesehen habe, ist sie ganz schön schnell. Aber bitte, überzeuge dich selbst.«

»Dir wird dein Grinsen gleich vergehen. Ich glaube dir kein Wort und werde dir jetzt den Gar ausmachen!« Mit einem furchterregenden Fauchen stürzte Pablo auf Minky zu.

Ups! Hatte sie es vielleicht doch ein wenig übertrieben? Was nun?

Doch in der Sekunde, in der Pablo zum Sprung ansetzte, tauchte wie aus dem Nichts eine riesige, schwarzgrau gestreifte Katze auf und stellte sich vor Minky.

Wie erstarrt blieb der Kater stehen und begann zu zittern. Er senkte seinen Blick und warf sich auf den Boden.

Die große Katze knurrte: »An deinem Verhalten sehe ich, dass du weißt wer ich bin«. Ihre Stimme klang gefährlich und obwohl sie leise sprach, schossen aus ihren Augen Blitze.

Minky blickte neugierig zu der Riesenkatze auf. Da drehte diese sich um und zwinkerte Minky zu. »Du kennst mich noch nicht. Ich bin Deya, die Schwester der Großen Katzengöttin«, stellte sie sich der kleinen Katze vor.

Minky verbeugte sich. »Es ist mir eine Ehre.«

Dann wandte Deya sich wieder Pablo zu. »Meine Schwester war so freundlich mich mit allen Befugnissen auszustatten, dein zukünftiges Leben betreffend. Wegen deiner Frevelei, Alizia zu entführen und deines verachtenswerten Verhaltens Mika gegenüber, verbannen wir dich aus unserem Land.«

»Nein! Bitte großherzige Göttin, tu mir das nicht an. Dann sehe ich meine Liebste ja nie wieder und ohne sie kann ich nicht leben!«, winselte Pablo.

Doch Deya war unerbittlich. »Das hast du dir selbst zuzuschreiben. Noch in dieser Stunde werde ich dich höchstpersönlich in das Gebiet jenseits des Meeres bringen. Solltest du es wagen, jemals wieder eine Pfote in unser Land zu setzen, werden wir dich für immer verstoßen. Du wirst dein Dasein dann auf der Erde verbringen und auch wenn du stirbst, wird dir die Rückkehr auf die Goldenen Wiesen im Regenbogenland verwehrt bleiben.«

»Die Strafe ist zu grausam!«, jaulte Pablo auf. »Ich flehe euch an, lasst Gnade walten. Was habe ich denn schon Schlimmes getan?«

»Wenn du das nicht weißt, kann dir keiner mehr helfen.« Deya ging auf den Kater zu und packte ihn am Nackenfell. Im nächsten Moment waren die beiden verschwunden.

Minky atmete erleichtert auf. »Puh, das war ganz schön knapp.«

Mika hatte etwas abseits gesessen und das Spektakel beobachtet. Nun erhob er sich und trat auf Minky zu. »Wieso hast du Alizia dermaßen beleidigt?«, grummelte er wütend.

»Entschuldige, bitte. Ich hoffe, du hast mir das nicht übelgenommen und weißt, dass ich es nicht so gemeint habe.«

»Warum hast du es dann gesagt?«, Mika blickte die kleine Katze verwundert an.

»Ich wollte Pablo reizen.«

»Na, das ist dir jedenfalls gelungen. Was hättest du gemacht, wenn Deya nicht urplötzlich aufgetaucht wäre?«

»Tja, das ist eine sehr gute Frage. Dann würde ich jetzt wohl nicht mehr hier vor dir stehen oder … «, Minky grinste breit, … »jetzt so groß sein wie du!«

Verdutzt schaute Mika sie an. Dann schüttelte er den Kopf. »Ich glaube, ich muss nachher mal mit Robin sprechen. Er hat es bestimmt nicht leicht mit dir. Doch wie bist du auf all das gekommen, was du gesagt hast?«

Minky kicherte vergnügt. »Ach, weißt du, meine Menschenfrau schaut sich im Fernsehen allen möglichen Quatsch an. Der größte Teil ist ausgemachter Blödsinn aber hin und wieder kann man auch etwas lernen.«

Da brach Mika in schallendes Gelächter aus und Minky stimmte fröhlich mit ein.

»Jetzt sollten wir uns aber auf den Rückweg machen. Alizia wird bestimmt schon auf uns warten.« Als hätte der große schwarze Kater geahnt, dass es seiner kleinen Begleiterin vor dem weiten Heimweg grauste, schlug er vor: »Was hältst du davon, wenn du auf meinen Rücken kletterst. Du bist zwar außerordentlich fix, aber ich kann doch um einiges schneller laufen, als du.«

Erleichtert stimmte Minky dem Vorschlag zu und in Windeseile ging es zurück zu ihrem Ausgangspunkt. Nun hatte die kleine Katze auch die Möglichkeit, sich die abwechslungsreiche, zauberhafte Landschaft anzusehen, die geschwind an ihr vorbeiflog.

Wie vorausgesagt, erwartete Alizia sie bereits ungeduldig. Freudig begrüßte sie ihren Gatten und Minky mit einem feuchten Zungenschlapp. Minky schüttelte sich und lachte. Dann betrachtete sie die große Katze. Sie musste zugeben, dass diese wunderschön war mit ihrem rotgoldenen, weißgestreiften Fell. Sie und Mika gaben wirklich ein vortreffliches Paar ab. Dann ließ Minky die beiden allein und sprang vergnügt los, um Robin zu suchen.

Sie fand ihn inmitten der Blumenwiese, gemütlich einen silbergrauen Kater als Kissen benutzend.

»Robin! Robin! Ich habe dir ja sooo viel zu erzählen!«, rief sie, auf ihren Gefährten zustürmend.

»Ich dir auch! Darf ich vorstellen, das ist Simi. Seine Geschichte erzähle ich dir später.«

»Das ist gut, denn so langsam müssen wir los. Unsere Menschen werden uns sicher schon vermissen.«

»Hast du schon mit Deya gesprochen?«

»Ist sie denn schon zurück?«

»Wir haben sie vorhin gesehen.«

Umgehend machte Minky sich auf die Suche nach der Göttin. Diese saß neben ihrer Schwester und blickte der kleinen Katze freundlich entgegen. Artig verneigte Minky sich vor den Hoheiten. »Hab vielen Dank für dein Einschreiten vorhin, große Deya. Das war wirklich Rettung in letzter Minute.«

Diese schmunzelte. »Ist ja noch mal alles gut gegangen. Hast du noch etwas auf dem Herzen?«

Minky sah verlegen die Majestäten an. Doch dann brachte sie zögernd hervor: »Ich möchte gerne wissen, welchen Titel ihr mir zugedacht habt.«

»Tja, Minky, das ist gar nicht so einfach. Du bist sehr schnell und ausdauernd im Laufen, doch kann ich dir den Titel der Botenkatze nicht zugestehen, da du keine Orts- und Landeskenntnisse hast.«

Enttäuscht sah die kleine Katze zu Boden.

»Doch es gibt noch zahlreiche andere Titel«, fuhr Deya fort. »Und zwei davon erkennen wir dir zu.«

»Oh! Gleich zwei?« Überwältigt sah Minky Deya mit großen Augen an. Diese lachte. »Ja. Du hast eine Vielzahl an Talenten. So wirst du fortan die Titel *Schlaukatze* und *Wagemutkatze* führen. Das haben meine Schwester, die Große Katzengöttin, Marla und ich so entschieden. Und wer weiß? Vielleicht erringst du in der Zukunft noch weitere.«

Fassungslos sah Minky von einer Göttin zur anderen. »Ich darf also wiederkommen? Welch eine große Ehre! Was Robin wohl dazu sagen wird?!

Schade, dass ich das unseren Menschen nicht mitteilen kann«, plapperte sie quirlig drauflos.

Die beiden Schwestern wechselten einen amüsierten Blick.

Dann besann Minky sich. »Habt vielen Dank für die Benennungen. Darf ich noch etwas fragen?«

»Natürlich!«

»Wie seid ihr darauf gekommen, mir diese Titel auszuwählen?«

»Das war ganz einfach. Wir haben dich die ganze Zeit über beobachtet.«

Minky schluckte. »Die ganze Zeit?«, wiederholte sie.

Deya und Marla nickten.

»Ups!«

»Für dich gilt nun die gleiche Regel, wie für Robin. Wenn wir euch rufen, müsst ihr augenblicklich hier erscheinen!«

»Schickt ihr uns dann wieder so einen herrlichen Regenbogen?«

»Ja, schließlich befinden sich die Goldenen Wiesen im Regenbogenland. Wir danken euch, für eure wertvolle Hilfe. Ihr habt uns einen großen Dienst erwiesen. Doch jetzt wird es Zeit, dass ihr nachhause zurückkehrt. Verabschiede dich von deinen Freunden; und sag auch Robin, dass es Zeit wird heimzukehren.«

Die Verabschiedungen verliefen rasch aber herzlich, da alle wussten, dass sie sich wiedersehen würden. Nur Simi war traurig, weil er seinen Freund ziehen lassen musste, doch Garry tröstete ihn. Die beiden würden ein lustiges Gespann abgeben, sodass Kara das eine oder andere graue Haar in ihrem Fell vorfinden würde.

So, wie sie gekommen waren, verließen Robin und Minky das Reich der großen Katzen auf einem Regenbogen. Sicher landeten sie in ihrem Garten und eilten sogleich zu ihren Menschen, um diese gebührend zu begrüßen.

Robin dachte oft an Simi, die ehemalige Nacktkatze, und freute sich, dass dieser nun glücklich war.

Minky dagegen war stolz auf ihre Titel und fühlte sich Robin nun ebenbürtig. Und außerdem harrte sie ungeduldig ihrem nächsten Abenteuer auf den Goldenen Wiesen entgegen!

Ferien im Regenbogenland

Der Winter war vorüber und der Frühling hatte sich von seiner schönsten Seite präsentiert. Nun ging es auf den Sommer zu und die Zweibeiner überlegten, in den Urlaub zu fahren.

»Hast du eine Ahnung, wohin unsere beiden Katzen verschwinden, wenn sie tagelang nicht nachhause kommen?«, fragend sah die Frau ihren Ehemann an.

»Ich habe nicht den geringsten Schimmer.«

»Seltsam finde ich es allerdings, dass ich jedes Mal kurz bevor sie weg sind, einen eigenartigen Traum habe, der mir ihr Fortgehen anzeigt.«

»Du auch?«, erstaunt sah der Mann seine Gattin an.

»Nun, wenn sie tatsächlich dort sind, was unsere Träume uns vorgaukeln, geht es ihnen auf jeden Fall gut. Schade, dass sie es uns nicht erzählen können. Ich überlege nur, ob wir sie wieder in die Katzenpension geben, wenn wir in den Urlaub fahren oder ob sie sich in dem scheinbar schönen Land wohler fühlen würden.«

»Tja, stellt sich nur die Frage, wie wir es anstellen, sie dorthin zu bringen.«

»Vielleicht sollten wir einfach mit den Beiden sprechen?«

Robin, der das Gespräch mitgehört hatte, erhob sich und strich seinen Menschen schnurrend um deren Beine. Mit treuherzigem Blick und einem erfreuten Mauzen, sah er die zwei an.

»Ich glaube, Robin hat uns verstanden«, lachte die Frau.

»Dann sollten wir es wagen. Wir können ja deine Schwester bitten, für ein oder zwei Tage hier einzuziehen. Wenn sich unsere beiden Strolche dann nicht blicken lassen, wissen wir, dass alles in Ordnung ist und sie dort sind, wo immer das sein mag.«

Robin eilte zu Minky und erzählte ihr die Neuigkeit.

»Wann wollen die beiden denn los, und für wie lange?«, fragte die kleine Katze. Auch sie war Feuer und Flamme, etwas mehr Zeit auf den Goldenen Wiesen im Regenbogenland zu verbringen.

»Das werden wir schon noch erfahren«, antwortete Robin gemütlich. »Spätestens dann, wenn die großen Koffer aufgeklappt auf den Betten liegen«, grinste er.

Drei Wochen später war es so weit. Die Koffer waren gepackt und in zwei Tagen sollte es losgehen. In dieser Nacht konzentrierte Robin sich auf die beiden Göttinnen und fragte, ob Minky und er zu ihnen kommen dürften. Dann kuschelte er sich neben seine Gefährtin aufs Sofa und schlief ein. Mitten in der Nacht erschien Marla. »Hallo, Robin!

Wir haben deinen Ruf vernommen und erfüllen euch beiden gerne euren Wunsch. Geht hinaus, der Regenbogen wartet bereits auf euch.«

Flugs eilten die Katzen in den Garten und wenig später befanden sie sich auf den Goldenen Wiesen. Max und Moritz, die beiden schwarzen Kater mit ihren schneeweißen Lätzchen und Pfoten, begrüßten sie wie alte Freunde und führten sie zu der Katzengöttin. Robin und Minky verneigten sich.

»Seid mir willkommen, ihr beiden. Ich habe euren Menschen einen Traum geschickt, so dass sie beruhigt ihren Urlaub antreten können. Sie wissen nun, dass ihr gut aufgehoben seid.«

»Vielen Dank, liebe Marla, Große Katzengöttin. Wir wissen deine Großzügigkeit sehr zu schätzen, und vielleicht können wir uns während der Zeit, die wir hier sind, sogar etwas nützlich machen«, schlug Robin vor.

»Das könnte sehr gut der Fall sein. Man kann nie wissen, welche Überraschungen urplötzlich eintreten; doch jetzt geht und begrüßt erst einmal eure Freunde. Sie werden sich freuen, euch zu sehen.«

Die beiden Kätzchen verneigten sich und stürmten sogleich los.

Alizia und Mika freuten sich, als Minky ihnen erzählte, dass sie und Robin für ein paar Wochen auf den Goldenen Wiesen bleiben würden.

Garry war ebenso ganz aus dem Häuschen und kriegte sich kaum noch ein. »Es gibt ja sooo viel, was ich dir zeigen möchte. Du kannst dir gar nicht vorstellen, was es hier alles zu sehen gibt!«

»Wie geht es Simi? Wo treibt er sich herum?« fragte Robin seinen alten Freund.

Auf Garrys Gesicht breitete sich ein schelmisches Grinsen aus. »Tja, also, das ist so … Äääähm … Ach, Kara, erzähl du es ihm.«

»Es geht ihm doch gut, oder?« Robin war besorgt.

Die beiden großen Katzen zwinkerten sich zu. »Es geht ihm sogar *fast* sehr gut! Da können wir dich beruhigen. Allerdings … ist etwas eingetreten, dass ihn ein wenig durcheinander bringt.«

»Ist etwas mit seinem Fell? Gefällt es ihm doch nicht oder passt es nicht?«

»Nein, das ist es nicht. Im Gegenteil, er fühlt sich nach wie vor sehr wohl darin und ist überglücklich damit.«

»Was ist es denn dann?«

»Na, ganz einfach«, lachte Kara. »Simi ist verliebt!«

Überrascht starrte Robin seine Freunde an. »Er ist *was*?«

»Du hast schon richtig gehört«, kicherten die beiden. »Und er hat einen sehr guten Geschmack.«

»Wer ist sie? Kenne ich sie?«

»Ich glaube nicht, dass du ihr schon einmal begegnet bist. Komm, ich führe dich zu ihrem Lieblingsplatz, wo sie sich meistens aufhalten.«

Die beiden Kater liefen durch die Blumenwiese, zu den kleinen Hügeln, die sich dahinter erstreckten. Hier war Robin noch nie gewesen. Er staunte, als sie eine der Anhöhen erklommen und hinabsahen. Vor ihm breitete sich ein Talkessel aus, in dessen Mitte eine wunderschöne Katze stand und kurz davor war, ein Gedicht vorzutragen.

»Darf ich vorstellen«, feixte Garry, »zu deinen Pfoten liegt unser Amphitheater und in dessen Mitte steht die *Dichter*katze Clio, Simis Angebetete.«

»Mau! Ist die schön!« Robin konnte sich nicht erinnern, jemals eine solch bezaubernde Artgenossin gesehen zu haben. Ihr Fell glänzte weiß wie Schnee und war mit ganz feinen schwarzen Streifen durchzogen. Doch das Faszinierendste war, dass sich auf ihrer Stirn deutlich ein große ›M‹ hervorhob.

»Ich habe dieses Zeichen noch nie so klar und deutlich bei einer Katze gesehen«, murmelte Robin hingerissen.

»Welches Zeichen?«

»Ist dir bei ihr nie das herausragende ›M‹ auf ihrer Stirn aufgefallen?«

»Naja, gesehen habe ich es zwar, habe aber keine Ahnung was es bedeutet.«

»Es ist das Zeichen der griechischen Göttin Metis und bedeutet, dass Katzen, die es tragen, mit Menschen sprechen können!«

»Das ist ja klasse!«

»Weiß sie eigentlich, was Simi für sie empfindet?«

»Nö«, grinste Garry, »er traut sich nicht sie anzusprechen. Bis jetzt himmelt er sie lediglich aus der Ferne an.«

»Ich glaube, wir sind gerade passend gekommen«, freute Robin sich. Er sah, dass Clio aus einer flachen Schale etwas Milch schlabberte und sich dann aufrecht hinstellte.

»Sieh mal dorthin«, wies Garry seinen Freund auf eine bestimmte Stelle hin.

Auf der anderen Seite des Theaters saß Simi und schaute erwartungsvoll auf die Künstlerin.

»Pst! Es geht los!«, flüsterte Robin und gespannt lauschten die Kater der lyrischen Darbietung.

»Ode an die Menschheit

Die Menschen sind eine Spezies für sich,
ich muss zugeben, ich verstehe sie meist nicht.
Sie setzen sich allen möglichen Witterungen aus,
und verlassen sogar bei Regen das Haus!
Sie stellen sich morgens unter strömendes Nass,
das finde ich ziemlich dumm und ganz schön krass.
Ohne sich wirklich schmutzig zu machen,
wechseln sie täglich ihre Felle, ihre Sachen!
Zu ihrem speziellen Vergnügen und Zeitvertreib
benehmen sie sich auch nicht gerade gescheit.
So stecken sie bunte Fische in Glasbehälter,
Wie kindisch! Werden die denn gar nicht älter?

*Würde man dies mit ihnen machen,
verginge ihnen sehr schnell das Lachen!
Auch ihre Hunde müssen aufs Wort parieren
und an langen Leinen mit ihnen flanieren.
Bunte Vögel werden in Käfigen gehalten,
auch da sollten sie mal ihre Gehirne einschalten.
Den Flugtieren wird die Freiheit genommen,
doch wie bitte sollen wir an diese rankommen?
Ihre Kenntnisse über uns sind ziemlich dürftig,
ihnen mangelt es an kätzische Weisheit, fürchte ich.
Auch fehlt ihnen der Mut, auf Bäume zu klettern,
um einen von uns aus den Kronen zu retten.
Ihre Streicheleinheiten meist tollpatschig sind,
egal, ob von Erwachsenen oder einem Kind.
Oft frag´ ich mich, soll ich schnurren oder fauchen,
aber als Dosenöffner sind sie gut zu gebrauchen!
Natürlich gibt es auch Ausnahmen
doch die sind selten und fallen aus dem Rahmen.
Nur wenige sind bemüht von uns zu lernen,
doch ob es gelingen wird, steht in den Sternen.
So lautet das Fazit meiner Gedanken allgemein:
Zeigt Geduld, äumt den Menschen Chancen ein.
Erzieht sie euch, so gut es geht,
vielleicht ist es dafür ja noch nicht zu spät!«*

Als Clio geendet hatte, mauzten Garry und Robin laut ihre Begeisterung heraus.

Leicht verwundert über den Beifall wandte die Künstlerin sich ihnen zu und verbeugte sich. »Hat euch mein kleines Gedicht gefallen?«, rief sie fragend zu ihnen hinauf.

»Es war großartig!«, antworteten die zwei Kater. Dann erhoben sie sich und gingen zu Simi hinüber. Dieser schien die beiden Freunde noch gar nicht bemerkt zu haben. Als sie bei ihm anlangten, sah er noch immer wie hypnotisiert auf *seine* Clio hinab.

»Hallo, Simi«, begrüßte Robin den wuscheligen silbergrauen Kater.

»Hallo«, kam es gedankenverloren zurück.

»Hey! Begrüßt man so einen alten Freund?«, sagte Robin leicht ungehalten und stupste ihn an.

Da erwachte Simi aus seiner Trance. »Oh, Robin! Wie schön, dich zu sehen. Wann bist du gekommen?« Simi schlappte seinem Freund über dessen Gesicht.

Robin lachte. »Na, also. Geht doch! DAS nenne ich eine Begrüßung.«

»Habt ihr sie gesehen?«

»Wen? Clio? Klar, gesehen und gehört.«

»Ist sie nicht großartig, außergewöhnlich, unbeschreiblich?«

»Ja, ganz nett«, feixten Garry und Robin. Sie wollten Simi ein wenig necken.

»*W a s*? Nur ganz *nett*? Ihr Banausen!«, regte Simi sich sogleich auf! »Sie ist wundervoll, einzigartig …«

»… Ist ja schon gut, alter Freund, wir wollten dich doch nur ein bisschen aufziehen«, fiel Garry ihm ins Wort. »Wir finden sie auch wunderschön und die ›Ode an die Menschheit‹ war einfach fantastisch!«

Simi beruhigte sich augenblicklich.

»Hast du Lust uns zu begleiten?«, fragte Robin. »Garry zeigt mir ein wenig die Gegend.«

»Ach nein, heute nicht. Wie lange bleibst du? Hast du wieder einen Auftrag?«

»Nein, Minky und ich verbringen unsere Ferien hier. Unsere Menschen sind verreist und so lange dürfen wir hierbleiben.«

»Dann sehen wir uns später, ja? Und du bist nicht enttäuscht, dass ich jetzt nicht mit euch komme?«, wollte Simi wissen.

»Ist schon gut«, schmunzelte Robin. »Wir sehen uns nachher. Dann kannst du mir erzählen, wie es dir in den vergangenen Wochen so ergangen ist.«

Simi nickte und sprang davon.

»Wir müssen uns unbedingt etwas einfallen lassen, um Simi zu helfen«, überlegte Robin.

»Du hast recht. So geht es mit ihm nicht weiter aber was können wir tun?«, grübelte Garry.

»Zuerst einmal werde ich mit Clio sprechen«, entschied Robin. »Schließlich müssen wir herausfinden, ob Simis Verliebtheit einseitig ist oder ob sie ebensolche Gefühle ihm gegenüber hegt.«

Garry zeigte seinem Freund noch einige seiner Lieblingsplätze und sie fingen sich einen der schmackhaften Fische, die in dem kleinen Bächlein einher schwammen. Dann erklärte der rote Kater seinem Freund, wie er zu Clios Hütte gelangte.

Unverzüglich machte Robin sich auf den Weg dorthin. Es dauerte auch nicht lange, bis er die Wohnstätte der Dichterkatze erreichte. Eine Weile wartete er, da aus der Laubbehausung lieblicher Gesang ertönte. Singen konnte die Lyrikerin also auch! Der Kater war beeindruckt. Schließlich machte er sich bemerkbar. Als die Sängerin heraustrat, stellte er sich vor. »Guten Tag, Clio. Ich heiße Robin und wollte dir sagen, dass ich deine ›Ode an die Menschheit‹ ganz ausgezeichnet fand.«

»Vielen Dank. Es freut mich, dass dir mein Poem gefallen hat. Ich habe deinen Freund und dich vorhin gesehen und ihr schient ehrlich angetan von meiner Darbietung.«

»Es war wirklich großartig! Eben kam ich auch in den Genuss, dich singen zu hören. Du hast eine wunderbare Stimme, wenn ich das sagen darf.«

Clio lachte. »Das darfst du!«

»Weißt du auch, dass du noch einen dritten Zuhörer im Amphitheater hattest?«

Die schöne Katze senkte verlegen ihren Blick. »Du meinst Simi, nicht wahr? Ja, er ist mein treuester Bewunderer. Ich habe ihn schon oft gesehen.«

»Weißt du auch, dass er unsterblich in dich verliebt ist?«, fiel Robin mit der Tür ins Haus.

Clio scharrte unsicher mit ihrer linken Vorderpfote auf dem Boden herum. »Hat er dich geschickt?«

»Nein, er weiß nicht, dass ich hier bin. Aber er ist mein Freund und ich wollte dich fragen …«, der Kater druckste herum, »ob du ihn … ob du vielleicht auch … ähm … ob naja …«

»Ob ich auch etwas für ihn empfinde?«, half Clio ihm.

»Ja.« Robin atmete erleichtert auf. »Um ehrlich zu sein, möchte ich ihm gerne helfen und ihn in seinem Liebeskummer trösten, falls du seine Gefühle nicht erwiderst. Ich bin nur für wenige Wochen hier und da dachte ich …«

»Du bist wirklich ein guter Freund, Robin. Ich habe übrigens schon viel von dir gehört. Alizia ist meine beste Freundin. Von ihr kenne ich nicht nur deine, sondern auch Simis Geschichte. Aber leider ist es zwischen ihm und mir noch zu keiner Unterhaltung gekommen, dabei mag ich ihn wirklich sehr. Allein durch die Erzählungen anderer Artgenossen habe ich einiges über ihn gehört und all das macht ihn in meinen Augen ganz besonders liebenswert. Außerdem …«, jetzt kicherte Clio, »sieht er total niedlich aus, mit seinem wuscheligen Fell.«

»Was hältst du davon, wenn ich ein Treffen zwischen euch arrangiere?«

»Das wäre schön.«

»Gut, allerdings ist er sehr schüchtern und darf nicht erfahren, dass wir uns über ihn unterhalten haben. Aber ich lass mir etwas einfallen«, grinste Robin vergnügt. Dann verabschiedete er sich, und ließ eine verlegene aber glückliche Clio zurück.

Am späten Nachmittag suchte Robin seinen Freund auf. Simi saß am Rande der Blumenwiese und sah unglücklich vor sich hin.

Robin setzte sich neben ihn. »So, mein Freund, dann erzähl mir mal, was mit dir los ist.«

»Wie kommst du darauf, dass etwas nicht in Ordnung ist?«

»Nun, dein verhangener Blick und deine hängenden Schnurrhaare haben es mir verraten.«

»Ach, Robin, du bist ein zu guter Beobachter«, seufzte Simi. »Aber du hast recht. Mir geht es im Moment wirklich nicht so gut.«

»Was quält dich denn?«

»Du darfst aber nicht lachen, wenn ich es dir erzähle!«

»Versprochen! Großes Katerehrenwort.«

»Na gut. Es ist so, dass ich … dass ich … mich verliebt habe!« So, nun war es heraus. Verlegen schaute Simi zu Boden.

»Aber das ist doch wunderbar! Wer ist sie? Kenne ich sie?«

»Du hast sie heute früh im Amphitheater gesehen.«

»Mau! Du hast einen sehr guten Geschmack. Sie ist eine Schönheit. Aber was ist jetzt dein Problem? Erwidert sie deine Gefühle nicht?«

Simi seufzte wieder. »Das weiß ich nicht.«

»Wieso? Hast du noch nicht mit ihr gesprochen?«

»Nein!«

»Warum nicht?«

»Ich trau mich nicht. Aber ich habe die Gänseblümchen befragt!«

»Du hast *was* getan?«, fragte Robin perplex.

»Na, du weißt schon. Wenn man ein Gänseblümchen pflückt, die weißen Blütenblätter abzupft und dabei sagt: *sie liebt mich, sie liebt mich nicht*, zeigt dir das letzte Blättchen an, was diejenige für dich empfindet.«

Robin starrte seinen Freund sprachlos an. Dann begann er schallend zu lachen. »Jetzt weiß ich auch, wieso es auf der Wiese keine Gänseblümchen mehr gibt!«

»Ehrlich?« Erschrocken sah Simi auf.

»Nein, das war ein Scherz.«

»Dann ist es ja gut.«

»Wie ist es denn ausgegangen, dein Gänseblümchen-Orakel?«

»Unentschieden.«

Robin verkniff sich einen weiteren Heiterkeitsausbruch aber es fiel ihm ziemlich schwer. »Ich denke, es täte dir gut, mal auf andere Gedanken zu kommen. Da trifft es sich ja gut, dass Alizia und

Mika uns für heute Abend zum Essen eingeladen haben. Du kommst doch?«

»Ich weiß nicht«, murmelte Simi zögernd. »Kommt denn sonst noch jemand?«

»Keine Ahnung. Vielleicht Kara und Garry, aber das weiß ich nicht genau. Ich denke, dass nur wir vier es sein werden.«

»Sag den beiden, dass ich kommen werde.«

»Sie werden sich freuen. Dann bis Sonnenuntergang.«

Robin ging zurück und verkündete den Freunden spitzbübisch grinsend, dass der Plan geglückt sei. Natürlich hatte der Kater Alizia und Mika eingeweiht. Wenn Clio und Simi auftauchten und sich an den gedeckten Tisch setzten, würde Alizia zu einem dringenden Notfall gerufen werden und Mika unbedingt sofort einen Auftrag als Eilbote erledigen müssen. Tja, und er, Robin, würde wegen Bauchweh absagen und somit gar nicht erst erscheinen.

Tatsächlich klappte alles so, wie Robin es sich ausgedacht hatte. Kaum hatte Alizia das Essen serviert, kam eine kleine Katze angerannt und rief sie zu dem scheinbaren *Notfall*. Auch Mika verschwand kurz darauf, da er eiligst etwas erledigen müsse. Nun waren Clio und Simi alleine. Zuerst waren beide etwas verunsichert und unglaublich verlegen aber bald schon war das Eis gebrochen und sie unterhielten sich äußerst angeregt. Sie stellten fest, dass sie viele Gemeinsamkeiten und Vorlieben hatten. Nach dem vorzüglichen Essen legten sie sich in die Blumenwiese und plauderten bis tief in die Nacht hinein. Der Glanz des Mondes und der Sterne spiegelte sich in ihren Augen wider und das silberne Licht hüllte die beiden Verliebten ein. Als Simi seine geliebte Clio nach Hause begleitete, verabschiedeten sie sich mit einem zärtlichen Nasenküsschen voneinander.

Doch Schlaf fanden sie beide nicht, in dieser Nacht. Ihnen gingen zu viele Gedanken durch ihre Köpfe. Diese verleiteten Clio dazu ein neues Gedicht zu verfassen. Das sie Simi am folgenden Tag im Amphitheater vortrug. Es war einzig und alleine für ihn bestimmt:

»Der Mond und die Sterne schicken ihr Licht,
das glänzend in unseren Augen sich bricht.
Ich kann nicht schlafen, find keine Ruh,
ich muss an dich denken, immerzu.
Dein flauschiges Fell, so seidig und weich,
deine Liebe sie macht mich glücklich und reich.
Du hast mich verzaubert, schenkst mir deine Gunst,
dich zu lieben ist keine Kunst.
Du bringst Seiten in mir zum Klingen,
als ob alle Katzen für mich alleine nur singen.
Die Zukunft mit dir, so denke ich´s mir,
wird wunderbar sein, ich hab´s im Gespür.

*Hier, im Regenbogenland,
ich meine große Liebe fand.
Nie hätte ich gedacht so glücklich zu sein,
lass mich bitte niemals mehr allein!«*

Als Clio geendet hatte, sprang Simi auf und rannte den Abhang hinunter. Er stürmte auf die Bühne und schlappte mit seiner Zunge zärtlich über Clios Gesicht. »Das war das Schönste, was ich je gehört habe«, flüsterte er ihr ins Ohr. »Es war herzergreifend und … so wahr! Du brauchst keine Angst zu haben, Liebste. Ich werde dich nie verlassen. Niemals mehr!«

Glücklich schmiegte die Dichterin sich an ihn und gemeinsam traten sie den Weg in Clios Haus an, welches von nun an ihr gemeinsames Heim war.

Am Nachmittag begab Simi sich auf die Suche nach Robin. Er fand ihn an dem kleinen Bach hinter der Blumenwiese.

»Robin?«

»Ja?«

»Danke!«

»Wofür?«

»Du weißt schon.«

»Nein, was denn?«, grinste der kleine Kater und spielte den Unwissenden.

»Na, dafür dass du Clio und mich zusammengebracht hast. Ich kann mir zwar nicht genau erklären, wie du es geschafft hast, dass plötzlich alle verschwanden und du gar nicht erst erschienst, aber … ich wollte dir nur sagen: Clio und ich sind sehr glücklich!«

»Das freut mich, mein Freund. Ich kann zwar nicht für deine Liebste sprechen, aber wenn es jemand verdient hat glücklich zu sein, dann du … und Clio.«

»Danke für deine lieben Worte. Und: Ich werde immer für dich da sein, wenn du einmal Hilfe brauchen solltest.« Mit treuem Augenaufschlag sah Simi auf seinen kleinen Freund herunter.

»Was hältst du davon, wenn wir Marla fragen, ob du mich begleiten darfst?«, fragte Mika seine kleine Freundin.

»Wohin willst du mich denn mitnehmen?«, wollte Minky wissen.

»Ich muss die Grenzen zu den anderen Gebieten kontrollieren. Wir würden zwei, vielleicht auch drei Tage unterwegs sein.«

»Das hört sich spannend an. Es wäre toll, wenn die Große Katzengöttin es uns erlauben würde. So sähe ich bestimmt eine ganze Menge von diesem herrlichen Land.«

Marla hatte nichts dagegen, dass Minky den Botenkater begleitete, doch sie hatte eine Bedingung. »Nehmt Max noch mit. Die Grenzen sind zwar im

Moment sicher, aber besser ist besser und sechs Augen sehen mehr als vier.«

So verließen die drei am nächsten Morgen, noch vor Sonnenaufgang, ihr Heimatgebiet. Die beiden großen Kater hatten Minky in ihre Mitte genommen und schritten fröhlich plaudernd voran.

»Wollen wir einen klitzekleinen Abstecher machen und Minky die Badestellen zeigen?«, fragte Max gegen Mittag.

»Badestellen? Etwa mit Wasser?« Minkys Begeisterung hielt sich in Grenzen; doch die Kater lachten.

»Dass ich das einmal von einem *Mädchen* hören würde, hätte ich nie gedacht!«, feixte Max und zwinkerte seinem Begleiter zu.

»Badest *du* vielleicht auf dem Trockenen? Na, warte es ab«, grinste Mika. »Lass dich einfach überraschen.«

»Wenn ihr unbedingt meint«, grummelte Minky. Wenn sie *das* geahnt hätte, wäre sie bestimmt nicht Feuer und Flamme gewesen, die Kater zu begleiten. Der Tag war ja wohl versaut! Die gute Laune der Kater wirkte nicht gerade ansteckend auf Minky. So ließ sie sich etwas zurückfallen und trödelte hinterher. Blöde Kater!

Fast unmerklich veränderte sich die Landschaft. Die saftigen Wiesen, mit ihrem weichen Gras, waren einer Steppe gewichen. Hier gab es nur vereinzelt ein paar kleine Büsche und auch das Gras fühlte sich unter Minkys Pfoten härter an. Als sie die Steppe überquert hatten, wurde es steinig. Ihr Ziel war die Bergkette, die sie auch von ihrem Ausgangspunkt sehen konnten. Sie waren gut vorangekommen und hatten jetzt die Ausläufer des Gebirges erreicht. Die Sonne stand noch nicht im Zenit, als plötzlich ein wundersamer Duft die Nase der kleine Katze umschmeichelte. »Was riecht denn hier so fantastisch?«, fragte Minky ihre Begleiter.

»Riecht gut, nicht wahr?«, schmunzelte Mika. »Das kommt von den Badestellen. Wir sind gleich da«, erklärte er freundlich.

Hier sollte man baden können? Minky sah sich zweifelnd um. Hier gab es doch nur Steine und ein paar Felsbrocken?!

Mika und Max steuerten einen bestimmten Punkt an und der feine Geruch wurde immer intensiver. Nachdem die Kater sie um einen großen Felsblock geführt hatten, blieb Minky wie angewurzelt stehen. Vor ihren Augen breitete sich eine beachtliche Fläche mit steinernen … Wannen aus. Diese waren gefüllt mit bunten Blüten. Daher war also der herrliche Duft gekommen! Fein säuberlich voneinander getrennt leuchtete es in allen Farben des Regenbogens aus den Behältnissen. Rot, gelb, orange und so weiter. Außerdem eilten schneeweiße Katzen geschäftig hin und her.

»Na, haben wir dir zu viel versprochen?«, grinste Max, als er Minkys erstaunten Gesichtsausdruck sah.

»Hier präsentieren wir dir unsere Wohlfühloase! Bei den weißen Katzen handelt es sich um die *Badekatzen*«, erklärte Mika ihr.

»Das sieht wunderschön aus«, flüsterte die kleine Katze.

»Warte mal ab, bist du in einer der Wannen liegst. Wenn du jetzt schon so beeindruckt bist, garantiere ich dir, dass du aus dem Blütenmeer nie wieder raus willst.«

»Darf ich es denn einmal ausprobieren?«

»Natürlich! Deswegen sind wir ja hergekommen. Such dir eine Farbe aus und leg dich in das Becken. Alles andere wirst du dann gewahr werden.«

»Alles andere? Was passiert denn dann?«, fragte Minky argwöhnisch.

»Nichts Schlimmes! Du vertraust uns doch?«

»Ja, schon, aber …«

»Dann ab mit dir!«, forderte Max sie auf.

Minky sah sich um. Für welche der wunderbaren Farben sollte sie sich entscheiden? Schließlich fiel ihre Wahl auf orange. Vorsichtig stieg sie in die Wanne. Der Untergrund fühlte sich erstaunlich warm und weich an.

Da kam auch schon eine der Badekatzen zu ihr gelaufen. »Hallo, ich bin Daggy. Du bist zum ersten Mal bei uns, nicht wahr? Ich meine nur, weil ich dich noch nie hier gesehen habe. Du wärst mir bestimmt aufgefallen, weil du so klein bist. Ach, entschuldige, bitte, ich rede einfach zu viel.«

»Ist schon gut. Ja, ich bin zum ersten Mal hier. Meine beiden Freunde haben mich hergebracht. Ich bin zu Besuch im Regenbogenland.«

Daggy kicherte. »Mika und Max zählen zu unseren Stammgästen. Ich erkläre dir jetzt, was gleich passieren wird: Wenn du dich hingelegt hast, wirst du von verborgenen Düsen, die sich im Boden des Beckens befinden, massiert. Dadurch werden die Orangenblüten verwirbelt und ihr Duft in dein Fell und deine Haut einmassiert. Du kannst in der Wanne so lange liegenbleiben wie du möchtest. Wenn etwas sein sollte, rufe einfach nach mir. Ach ja, wenn du es wünschst, kannst du auch eine Spezialbehandlung bekommen. Dafür stehen unsere Igel zur Verfügung. Keine Angst, sie haben ganz weiche Stacheln und es fühlt sich in etwa so an, als würdest du gebürstet werden. Hast du noch eine Frage?«

»Nein. All das klingt großartig!«

Daggy lachte wieder. »Das ist es auch!«

Auch Mika und Max hatten sich jeder ein Blütenbecken ausgesucht. Obwohl diese ein ganzes Stück von Minky entfernt waren, drang ihr gewaltiges Schnurren bis zu ihr herüber.

Nach einer Stunde verließ die kleine Katze nur ungern ihre Wanne. Es war einmalig gewesen! Sie fühlte sich wie neugeboren und voller Tatendrang. Die beiden Kater standen jedoch jetzt vor ihr und drängten zum Aufbruch. Minky verabschiedete sich von Daggy und immer noch behaglich vor sich hin schnurrend machten sie sich auf den Weg.

Sie waren vielleicht zwei Stunden gelaufen, als die Kater abrupt stehenblieben. Nur wenige Katzenlängen von ihnen entfernt, sahen sie drei kräftige Kater, die zu ihnen herübersahen.

»Nicht die schon wieder!«, stöhnte Max.

»Sie können es einfach nicht lassen!«, seufzte auch Mika.

»Was ist mit den dreien?«, wollte Minky wissen.

»Das sind die Gebrüder Tunichtgut. So nennen wir sie jedenfalls. Es sind Hitzköpfe, die regelmäßig die Grenze ins Regenbogenland überschreiten und Unfrieden stiften. Ich kann gar nicht mehr zählen, wie oft wir sie bereits zurechtgewiesen und sie in ihr Land zurückgescheucht haben. Trotzdem versuchen sie es immer wieder.«

»Na dann mal los. Worauf warten wir?« Minky trat einen Schritt vor.

»Oh nein! *Du* nicht!« Kam es gleichzeitig aus den Kehlen ihrer Begleiter. »Du bleibst hier!«

»Ihr spinnt wohl?!«, knurrte Minky. »Selbstverständlich bin ich dabei!«

»Bist du nicht! Schließlich haben wir die Verantwortung für dich. Die drei sind hinterlistig und gute Kämpfer.«

»Das bin ich auch. Ich kann gut auf mich selbst aufpassen.« Und damit schoss die kleine Katze auf die unerwünschten Besucher zu.

Mika und Max sprinteten sogleich hinter ihr her.

»Was habt ihr euch denn da für ein Spielzeug mitgebacht?«, ätzte der Größte der Eindringlinge und lachte schäbig. »Oder ist sie euer neues Maskottchen?« Die anderen beiden Kater grinsten dümmlich.

»Von wegen Maskottchen! Ich werde dir gleich zeigen, was ein Spielzeug so alles kann!«, knurrte Minky.

»Da bekomme ich aber Angst«, höhnte der Große. Und an Max und Mika gewandt: »Haltet uns bloß diese vorlaute Kleine vom Hals. Oder ist sie zu eurem Schutz mitgekommen?« Wieder erklang heiseres Gelächter.

Das war zu viel für Minky. Mit einem gewaltigen Satz sprang sie den Wortführer an. Die Krallen ihrer einen Pfote rissen ihm die Nase auf und mit der anderen stieß sie sich auf seiner Stirn ab. Sie katapultierte sich auf seinem Nacken und biss herzhaft in sein Ohr. War die Attacke auf seine empfindliche Nase schon enorm schmerzhaft gewesen, jaulte der Große nun noch lauter. Er schüttelte sich, um Minky abzuwerfen, doch dadurch riss sein Ohr immer weiter ein. Schließlich ließ Minky dieses los und zog die Krallen ihrer Vorderpfoten über seine Wangen. Das war das Ende seiner Schnurrhaare.

Der große Kater tobte vor Wut. Endlich gelang es ihm, die kleine Katze abzuwerfen. Minky stieß sich ihren Kopf an einem Stein, sprang aber sogleich wieder auf. Sie schwang sich unter den Bauch ihres Kampfpartners und rollte sich auf den Rücken. Mit allen vier Pfoten malträtierte sie nun dessen Bauchfell.

»Ach, habe ich euch eigentlich gesagt, dass ich unter dem persönlichen Schutz von Deya, der Schwester der Großen Katzengöttin, stehe?«

»Du kannst uns viel erzählen«, schnaubte der Kater. Er war fuchsteufelswild vor Zorn und Schmerz. Endlich schaffte er es, eine seiner Pfoten auf Minkys Nacken zu legen. Gerade als er zubeißen wollte, erstarrte er. Auch seine Gefährten verharrten plötzlich inmitten des Kampfes. Max und Mika, welche sich mit ihren Gegner ebenfalls ein erbittertes Gefecht lieferten, hielten verwundert inne. Was war denn jetzt los? Was die drei aus dem Regenbogenland nicht sehen konnten, war, dass Deya sich den Eindringlingen präsentierte. Lautlos war sie erschienen. Allein ihre mächtige Gestalt war schon furchteinflößend, doch nun funkelten ihre Augen und schleuderten weiße Blitze. Als sei dies noch nicht genug, riss sie dabei ihr Maul weit auf und zeigte ihren messerscharfen Zähne. Drohend trat sie einen Schritt auf die Katzen zu. In diesem Moment jaulten die Eindringlinge ängstlich auf und suchten voller Panik das Weite. So schnell sie mit ihren Verwundungen laufen konnten, verschwanden sie über die Grenze in ihr Land. Max und Mika jagten ihnen noch eine kurze Strecke hinterher, um sicherzugehen, dass sie auch wirklich fort waren. Minky nutzte die Gelegenheit, sich ausgiebig zu putzen. Deya war wieder spurlos verschwunden.

Als die beiden Kater zurückkehrten, waren sie immer noch irritiert.

»Versteht ihr das Verhalten der Tunichtgute?«, fragte Minky ihre Begleiter.

»Nein. Irgendetwas scheint sie unsagbar erschreckt zu haben.«

»Du bist wirklich eine ausgesprochen einfallsreiche und hinterlistige Kämpferin«, lobte Mika die kleine Katze. »Fast hätte ich es ja schon einmal erlebt. Damals, als du Pablo in seine Schranken verwiesen hast«, grinste er.

Auch Max war beeindruckt. »Das war ziemlich wagemutig von dir, dir ausgerechnet den Größten der drei auszusuchen. Gut, dass wir dich dabei hatten!«

Minky war unglaublich stolz und freute sich über das Lob der Kater. »Seid ihr verletzt?«, fragte sie. Als die beiden verneinen, meinte sie nur: »Gut, dann können wir ja weiter.«

»Was haltet ihr davon, wenn wir uns ein gemütliches Plätzchen suchen und uns ein wenig ausruhen?«, schlug Max vor, den das Kraxeln über die Felsen mehr anstrengte, als er zugeben wollte.

»Ich kenne hier einen kleinen Wasserfall«, bemerkte Mika. »Da können wir unseren Durst stillen und finden vielleicht auch etwas zu essen.«

»Oh, ja! ESSEN!«, jubelte Minky und die Kater lachten.

Nur wenige Katzenlängen weit entfernt erreichten sie den idyllischen Platz. Der kleine Wasserfall sprudelte etwas weiter oben aus dem Berg heraus und das Wasser sammelte sich in einem kleinen Becken. Dort fanden sie auch ein paar Fische, die sie eiligst fingen und hungrig vertilgten.

»Woher kamen die drei eigentlich und wohin sind sie wieder verschwunden?«, fragte Minky, als sie gesättigt war und sich putzte.

»Sie gehören in das Donnerland. Die Trennungslinie dazu verläuft direkt auf dem Bergkamm. Wie das Wolkenland und das Meer grenzt es an unser Regenbogenland.«

Da es langsam dunkel wurde, suchten sie sich eine Höhle zum Übernachten. Es war ziemlich kalt geworden. So nahmen die beiden Kater Minky wieder in ihre Mitte und kuschelten sich eng aneinander.

Am nächsten Morgen verließen sie die Bergregion und trabten in Richtung des Wolkenlandes.

»Hier können wir uns entspannen«, sagte Mika. »Die Bewohner sind friedliebend und kommen so gut wie nie zu uns. Wenn sie es doch einmal tun, haben sie einen triftigen Grund und fragen immer um Erlaubnis unser Land betreten zu dürfen«, erläuterte Mika.

»Auch die Ansässigen an der Grenze zum Meer sind äußerst angenehme Zeitgenossen«, warf Max ein.

»Das heißt, dass wir …« Minky zögerte kurz, »dort eigentlich gar nichts kontrollieren müssen?«

Die Kater ahnten, was ihrer kleinen Begleiterin im Kopf herumspukte.

»Tja, so gesehen hast du recht«, gab Max zu. »Wir könnten genauso gut …«

»… noch einmal zu den Badewannen?«

»Einverstanden!«

»Juchhuuu!« Die kleine Katze jubelte und rannte los. Plötzlich blieb sie jedoch stehen. »In welche Richtung müssen wir denn?«, fragend sah sie die Kater an.

Diese glucksten belustigt. »Du bist schon auf dem richtigen Weg«, riefen sie ihr zu und eilten hinter ihr her.

»Die kann ganz schön fix laufen«, grinste Max.

»Ich glaube, wenn sie will, kann unsere Minky einfach *alles*!«, kicherte Mika.

Das nochmalige Erlebnis, in den mit Blüten bestückten Wannen, war für Minky ebenso toll, wie beim ersten Mal. Hierher musste sie unbedingt auch einmal Robin mitnehmen. Der wäre grenzenlos begeistert. Zumal sich die kleine Katze mutig entschlossen hatte, sich einer Igelmassage zu unterziehen. Diese entpuppte sich als eine unfassbare Wohltat.

Gegen Abend erreichten sie ihren Ausgangspunkt wieder. Sofort begab Minky sich auf die Suche nach Robin. Dieses Mal ließ sie ihren Gefährten zuerst von seinen Erlebnissen berichten.

Am folgenden Tag gingen die beiden zu Marla. Sie wollten die Marla um einen Gefallen bitten.

Freundlich begrüßte die Katzengöttin ihre kleinen Gäste. »Na, was führt euch denn zu mir?«, fragte sie.

»Wir wollten dich bitten, ob du uns sagen kannst, ob es unseren Menschen gut geht.«

»Das will ich gerne tun«, antwortete Marla. »Dazu braucht ihr mir nur tief in die Augen zu sehen.«

Minky und Robin sahen voller Spannung in die wunderschönen Augen der Katzengöttin. Bald schon tauchten Bilder auf, die ihre Zweibeiner vor einer einzigartigen Kulisse zeigten. Sie standen vor einem antiken Tempel aus weißem Marmor. Über ihnen strahlte die Sonne von einem wolkenlosen, blauen Himmel und ganz in ihrer Nähe rupfte ein Esel ein paar Disteln. Zu ihren Füßen spielten zwei weißbraune Kätzchen und sie hörten sogar das Zirpen der Zikaden. Ihre Menschen waren braungebrannt und lachten fröhlich. Hand in Hand setzten die beiden ihren Spaziergang fort.

Minky und Robin senkten ihre Blicke. »Das war wunderschön. Nun sind wir beruhigt und wissen, dass es unseren Menschen gut geht. Vielen Dank, Große Katzengöttin, dass du uns dies hast sehen lassen«, bedankten sie sich.

Schmunzelnd betrachtete Marla die beiden. »Euch scheint es hier aber auch gut zu gehen, oder.«

»Oh, ja! Das tut es«, bestätigten die kleinen Katzen.

»Das ist schön. Ihr habt noch viele Tage Zeit, bis ihr zurückkehren werdet. Nutzt sie!« Und an Minky gewandt: »Vergiss nicht, Robin die Badestellen zu zeigen.«

Himmel, woher wusste sie denn das schon wieder? Naja, sie war halt eine Göttin.

»Wir wollten uns morgen dorthin begeben«, versicherte Minky ihr.

»Nehmt Clio und Simi mit. Die beiden kennen die Badewannen noch nicht und würden sich bestimmt über den Ausflug freuen«, schlug Marla vor.

»Das machen wir. Es wird bestimmt lustig werden«, freute Robin sich.

Nachdem sie zurückgekehrt waren, ging Robin zu seinem Lieblingsplatz. Er hatte das kleine Lavendelfeld durch Zufall entdeckt und suchte es seither regelmäßig auf. Er hatte nämlich festgestellt, dass sich ihm dort, inmitten der lilafarbenen Blüten, seine Fähigkeiten bedeutend deutlicher zeigten, als anderswo. So hatte er in den vergangenen Tagen herausgefunden, dass er ein enormes Wissen über die Heilkräfte der Natur, Katzenkrankheiten, Kunst und Archäologie hatte. Auch alle einhundertzweiundneunzig Katzendialekte und viele menschliche Sprachen waren ihm zu eigen. Das also hatten Deya und Marla gemeint, als sie ihm sagten, dass unzählige Talente in ihm schlummerten. Vielleicht würde er einmal ausprobieren, mit seinen Zweibeinern zu plaudern, aber irgendetwas hielt ihn noch davon ab. Auf jeden Fall war er schon ganz gespannt, wann er all dieses Wissen einmal würde anwenden können.

Eines nachts, als er zwischen den Lavendelblüten lag und zum Himmelszelt hinauf sah, offenbarten sich ihm jegliche Kenntnisse der Sternenkunde. Egal, welchen Stern er ansah, wusste er augenblicklich dessen Namen und Bedeutung, sogar wie man durch einen dieser Himmelskörper eine Richtung bestimmte. Manchmal war ihm dies alles ein wenig unheimlich doch er würde sich schon noch daran gewöhnen. Schade, dass er sich mit niemandem darüber austauschen konnte. Aber das war wohl das Schicksal eines ganz, ganz Alten.

Doch nicht nur nützliches Wissen machte sich in ihm breit. So auch Dinge, die die Menschen betrafen. Da war zum Beispiel die Sache mit dem Weihnachtsmann, der in einem von Rentieren gezogenen

Schlitten über den Himmel sauste, um den Kindern Geschenke zu bringen. Das war ein Irrtum, denn: Der Schlitten wurde nicht von Rentieren, sondern von einundzwanzig *Katzen* gezogen! Wovon eine neben dem Nikolaus im Schlitten saß und einen langen Stab hielt, an dessen Ende ein Fisch baumelte. Diesen hielt sie der Leitkatze vor die Nase, die daraufhin ein ordentliches Tempo vorlegte, so dass die V-förmige Katzenformation ihr hinterherjagte. Schließlich wollte eine jede diesen Leckerbissen für sich erwischen.

Oder die Sache mit dem Osterhasen. Auch bei diesem handelte es sich in Wirklichkeit nicht um einen Hasen, der die Eier und Süßigkeiten brachte, sondern natürlich um Oster*katzen*!

Was die Menschen auch nicht wussten oder nur ganz wenige von ihnen: An genau derselben Stelle, an der das Jesuskind geboren wurde, erblickte fast eintausend Jahre zuvor bereits schon einmal eine zukünftige Göttin das Licht der Welt. Es handelte sich um ein kleines Kätzchen. Dessen Eltern waren die noch sehr junge Merit und ihr Gefährte Jussef. Er war der beste Mäusefänger weit und breit und bei den Menschen ebenso beliebt, wie bei seinen Artgenossen. In dieser Nacht also kam seine Tochter, die kleine Bastet, zur Welt. An ihrem Lager aus Stroh hatten sich drei der Ältesten eingefunden und gaben ihr wertvolle Gaben mit auf den Lebensweg. Diese waren Gerechtigkeitssinn, Edelmut und

Nächstenliebe. Doch auch zwei von den weisen Katzen waren zugegen und schenkten ihr Glück und die Fähigkeit ihre Gestalt zu wandeln. So dauerte es nicht lange und Bastet wurde zur Göttin über sämtlicher Samtpfoten erhoben. Und selbst heute noch verehrten Eingeweihten sie und brachten ihr Geschenke dar.

Tja, und dann waren da noch die Märchen. Natürlich waren diese von Menschen geschrieben worden, allerdings wurden denen des nachts, wenn sie schliefen, die Geschichten in die Ohren geflüstert. Und von wem? Selbstverständlich von *Katzen*!

So gab es unzählige Begebenheiten, die jedoch niemals ein menschliches Wesen erfahren würde.

Robin und Minky verbrachten noch unvergessliche Tage auf den Goldenen Wiesen, im Regenbogenland. Natürlich war auch das eine oder andere kleine Abenteuer dabei, aber letztendlich hieß es Abschiednehmen.

Als Minky Alizia auf Wiedersehen sagte, nahm diese sie beiseite und gestand ihr, dass sie Junge erwartete. Minky gratulierte ihr und freute sich mit ihr.

Das Gleiche widerfuhr Robin, als er sich von Simi verabschiedete. Doch die Freude des Katers war verhalten. Er äußerte seinem Freund gegenüber seine Bedenken. »Du weißt ja, dass mein Fell nicht *echt* ist. Nun habe ich Angst, dass unsere Kleinen als Nacktkatzen auf die Welt kommen.«

Robin tröstete ihn. »Du ahnst nicht, zu was die Katzengöttin fähig ist! Mach dir keine Sorgen, es wird alles gut werden.«

»Wenn du es mir sagst, dann glaube ich es auch«, sagte Simi und wirkte maßlos erleichtert.

Ein wenig traurig waren Minky und Robin zwar, als sie zu dem Portal geführt wurden, durch das sie wieder auf die Erde gelangen würden aber sie freuten sich auch auf ihre Menschen. Und schließlich konnten sie ja jederzeit ins Regenbogenland, zu Marla, Deya und all ihren Freunden zurückkehren.

Über viele Jahre hinweg pendelten Minky und Robin zwischen ihren beiden Welten. Sie spielten mit den Kindern ihrer Freunde, lernten neue Artgenossen kennen und erlebten viele Abenteuer. Als sie eines Tages ihr irdisches Dasein verließen, war es für sie nur so, als ob sie von nun an lediglich für sehr, sehr lange Zeit auf den Goldenen Wiesen im Regenbogenland verweilen würden.

Robin hatte in der Zeit gelernt, mit seinen zahlreichen Fähigkeiten umzugehen und diese geschickt anzuwenden. Und auch Minky stand kurz davor den Titel einer *ganz Alten* zu erlangen. Aber davon

ahnte die kleine Katze noch nichts. Die beiden Katzen wurden von allen respektiert und jeder, der ihre Freundschaft erlang, war unheimlich stolz darauf.
Nur um ihre Menschenfreunde tat es ihnen leid. Diese vergossen bittere Tränen, als ihre samtpfötigen Mitbewohner sie für immer verließen. Nie wieder würden die beiden Katzen die hervorragenden Streicheleinheiten des großen Mannes genießen können, an dessen Schulter es sich so himmlisch schlummern ließ. Auch die Frau war immer lieb zu ihnen gewesen. Sie konnte vorzüglich kraulen, doch das Massieren war für sie immer ein Buch mit sieben Siegeln geblieben.

Und schließlich musste es ja auch einen Sinn haben, dass Robin einer der ganz, ganz Alten war? Er konnte ihnen bestimmt ab und zu einen wundervollen Traum von seinem und Minkys neuem Leben schicken!

Robin　　　　　　　　　　*Minky*